U0165036

milan Kundera

米兰·昆德拉

——

著

董强

——

译

不解之词

上海译文出版社

目录

引　言

这两篇文章最初发表在《辩论》杂志上。

《八十九个词》发表于一九八五年十一月（第三十七期），是米歇尔·图尼埃发起的《词语之下的词语》系列文章中的一篇，后一期刊登的是勒克莱齐奥的《克里奥尔语简明词典》。《布拉格，消失的诗》则发表于一九八〇年六月，在杂志的第二期。

这两篇文章都有很强的私人性。一部个人词典总能表达一个人的思想精髓。米兰·昆德拉的情况更是如此，身为捷克作家，他不能用自己写作时的语言出版，尤其要细心审视每一个词。他对此事的重视有一个证据，就是他在《小说的艺术》中以一个章节的形式再次发表，但删减了大约三分之一的内容，对其中一些词的解释也做了改动。如果对这两个版本进行比照，将是一个有趣的课题。他还为此增加了十二个词，此次出版，我们也将它们插入到最初的版本中，并在每个词前加了一个星号。

至于《布拉格，消失的诗》，我们只需读完这篇令人感动的美妙文字，就能理解它对于昆德拉来说意味着什么。这是孕育了他的文化源泉，也滋养了他呈现的所有作品的特殊性；这一文化产生于一个"小国"，却如此丰富，又具有普遍性。正如在《一个被劫持的西方》中一样，我们看到作者以同样焦虑的怀旧之情进行了双重谴责：扼杀、迫害了这一文化的"俄罗斯文明"，以及没有承认它、甚至无法了解它的西欧。

如今，昆德拉离我们而去，重新发表这两篇文章并将它们放在一起，可以让我们再度看到他最生动的形象。相信对有些读者来说，这是对昆德拉小说宇宙最好的引导；对另一些读者来说，则可以再度感受他那带有毁灭性的讽刺，以及他所做出的微妙判断。
若能如此，则我们心愿得偿矣。

皮埃尔·诺拉

八十九个词 *

献给皮埃尔

一九六八年和一九六九年，《玩笑》被译成了所有的西方语言。然而，我倍感悲哀。在法国，译者完全改变了我的风格，几乎重写了我的小说。在英国，出版人删除了所有思考的段落，去掉了讨论音乐的章节，颠倒了各个部分的顺序，重新组合了小说。还有一个国家。我见到了我的译者：他连一个捷克语单词都不认识。"您是怎样翻译的?"他回答："用我的心。"还从皮夹子里拿出我的照片给我看。他人太好了，让我差一点相信只需要心有灵犀就可以翻译。可惜啊，事情远没有那么复杂：他从经过重写的法语版译出，跟阿根廷译者一样。在西班牙，倒是从捷克语翻译的。我打开书，恰好看到埃莱娜的独白。在原文里占了整整一个段落的长句子，在那里被分成了许多短句

---

*加上标星号的十二个词，本篇实为一〇一个词。

子。我立刻就把书合上了。译本给我带来的痛苦是否随着《玩笑》在法国的再版就终结了？是的，在法国，我遇上了弗朗索瓦·克雷尔，他成了我的翻译家朋友，忠于原文，翻译得棒极了。但是，在英语、德语，甚至意大利语方面，我依然要花去大量时间，去修改我后来发表的小说。而且我的介入经常太晚了，已经无可挽回。

有人会说：译本就像女人，要么美丽，要么忠实。哦，可不是那样子的！美国译者（根据我直接用法语写的版本）翻译了《雅克和他的主人》。我读了他的译稿。怎么总有那么多的错误？后来，我明白了。那不是错误。在他那里，不忠实是一种翻译的方法！他一心想要译出漂亮的英语，为了达到这一点，他努力去忘记这本书不是他写的，他努力站在我的位置去思考，去感觉，去想象！为了显得游刃有余，他到处都至少加上他自己的一个词；他系统性地颠倒了我的句法。我能修改的只是一些语义上的曲解。否则的话，我就需要整个儿重写……一年后，西蒙·卡洛，英国的大演员，想演雅克，就自己翻译了这个剧本。所有人都一致认为：他的翻译比前一个译本要高明一百倍。所有人都在想："大演员一定是自由改编了原作，所以对话才会那么丰富，那么自然！"错！这个译本是迄今为止对我的作品最忠实的翻译之一。

因为译本只有忠实才是美的。对忠实的激情才能造就一个真正的翻译家！明白了这一点之后，我在几年前终于作出决定，要对我作品的译本进行整理。这不是一件容易的事。我不得不跟一些出版社断绝关系，并与一些依然认真对待文学的出版人建立更加紧密的联系：加斯东·伽里玛，艾伦·阿瑟尔，凯瑟琳·库特，罗贝托·卡拉索，克里斯托夫·施洛特勒，罗伯特·麦克拉姆，伊福·加依，比阿特丽斯·德·莫拉。他们都帮助了我，我感谢他们。就这样，到了一九八〇年，我得以自己修订（跟克洛德·库尔托一道）《玩笑》的法语版。这部小说的新译本相继在美国、英国、西班牙出版，不久就要在意大利和德国推出。《生活在别处》的修订版今年秋天将在美国出版。德国的汉泽尔出版社正在筹备修订我所有小说的译本。我希望意大利的阿德尔菲出版社也能做同样的事情。

当然，没有一个作者跟我一样为译本如此苦恼。并不是说其他作家的作品被翻译得如何好，而是他们没有理由对他们的译本如此重视。一九六八年俄国入侵之前，《玩笑》和《好笑的爱》在布拉格是可以出版的。那时，我有自己的捷克读者，便很少关注我的外国读者。但是，一九六八年之后，我的其他小说在捷克斯洛伐克就无法出版了，捷克语原版作品只能在加拿大的一家小出版社出版，印数极少。我期盼至少有那么几本能够进入我的祖国，但穿越国界是极难的事，即便我最亲近的布拉格朋友也无法见到一本我的捷克语作品。

那么，我小说的原版都是给谁看的呢？跟我同时代的几个移民。几座大学的图书馆。还有就是译者。是的。但随着整个国家坠入俄国管辖的边缘，人们对于捷克语的关注到处都在减弱。大多数译者都通晓斯拉夫语，对于他们来说，捷克语只是第三或第四语言。有好几个外国出版商要求从法语翻译。出于原则，我拒绝了。但如果那些国家并没有捷克语译者呢？

在我创作《不能承受的生命之轻》的时候，我脑子里一直想着布拉格，但我是否还想着我的捷克读者？我唯一时常想着的具体的人是弗朗索瓦·克雷尔，因为将由他把我的手稿译成法语。在我遣词造句的时候，我就像听到回声一样，听到了它们未来的法语版本。由于我密切关注着翻译的工作，我觉得最后跟原版没什么差别，我甚至可以允许人们（在葡萄牙、巴西、希腊、瑞典、冰岛和挪威）根据我已经认可的法语版翻译。

几年来，我尝试用法语写一些文章和随笔。但是，思考和讲述，这是两种不同的工程：我觉得自己没有能力用法语去写一部小说。然而，每每看到我小说的法语版，我就忍不住把它们视为完全是我的作品。因此，当我发现我在一九八〇年对《玩笑》的修订并不充分的时候，我又对这个译本进行了彻底的修订，而且，我对我所有作品的法语版都进行了全新的修订。从此我可以说，它们跟捷克语原文具有同样的可靠性。

有一天，皮埃尔·诺拉对我说："重读你的所有译本，一定需要对每一个字词都认真思考。为什么不写一部你个人的词典呢？你的关键词，你的问题词，你喜爱的词？……"这个想法让我很激动。这不，这就写成了。

【奥克塔维奥】 *OCTAVIO* 我正在撰写这部小词典的时候，墨西哥中部发生了可怕的地震，奥克塔维奥·帕斯与他的夫人玛丽-乔住在那里。整整九天没有他们的消息。九月二十七日，我把定稿交给皮埃尔·诺拉，傍晚电话来了：传来了奥克塔维奥的消息。我为他健康平安举杯欢庆。然后，我把他的名字，对我来说那么重要、那么亲切的名字作为这八十九个词中的第一个词。

【八十九】 *QUATRE-VINGT-NEUF* 质数。它们非常坚固，就像一座堡垒，不可分割，坚不可摧。对于一件作品的建筑结构来说，是理想的数学基础。而在八十九中，八和九这两个大数字赋予它一对男女瑞典运动员般的魅力。如数字八十九般那么美。鲁道夫二世宫廷内的炼金术士们敬畏的数字。

【背叛】 *TRAHIR* "可到底什么是背叛？背叛，就是脱离自己的位置。背叛，就是摆脱原位，投向未知。萨比娜觉得再没有比投身

未知更美妙的了。"（《不能承受的生命之轻》）

【笔名】 *PSEUDONYME* 我梦想有这样一个世界，在那里，法律规定作家们必须隐藏起身份，只许用笔名。好处：彻底限制写作癖；在文学生活中可以大量减少攻击性。

【比喻】 *MÉTAPHORE* 如果它们只是一种装饰和风格的点缀，我并不喜欢。但作为一种在突然的启示下把握事物、处境与人物不可把握的本质的手段，比喻是必不可少的。亨特杰恩夫人和埃施的性交："此时她就像把鼻子贴在玻璃窗上的牲口一样，把嘴压在了他的嘴上；但当埃施看到，她始终咬紧牙关，不让他俘获自己的心神，顿时气得发抖。"关于埃施的存在态度的比喻："他希冀获得没有暧昧性的清晰：他想要创造一个极为简单的世界，而他的孤独可以像系在一根铁柱子上一样维系在这种简单性上。"（赫尔曼·布洛赫，《梦游者》）

【边界】 *FRONTIÈRE* "只需有一点儿风吹草动、一丁点儿的东西，我们就会落到边界的另一端，在那里，没有什么东西是有意义的：爱情、信念、信仰、历史等等。人的生命的所有秘密就在于，一切都发生在离这条边界非常近甚至有直接接触的地方，它们之间的距离不以公里计，而以毫米计……"（《笑忘录》）

【勃起】 *BANDER* "他的身体结束了消极抵抗；爱德华激动了！"（《好笑的爱》）有多少次，我停下来，对这个"激动了"感到不满。在捷克语版本中，爱德华"兴奋了"。但是，无论"激动了"还是"兴奋了"，都不让我满意。有一天，我突然找到了。应该说："爱德华勃起了！"为什么如此简单的想法，我之前就想不到？因为这个词在捷克语里不存在。啊，这是多么令人羞耻的事情：我的母语不会勃起！在该说"勃起"的地方，捷克人必须说：他的阴茎立起来了。倒是很形象，但有点儿幼稚。但这个说法也带来了一句漂亮的俗语："他们就那么立着，像是阴茎。"

【采访】INTERVIEW 最早允许记者将自己说的话进行自由复制的作家，我诅咒他！他启动了一个程序，最终只能导致作家的消失：对自己的每一个字都负责任的作家。然而，我很喜欢对谈（重要的文学形式），我对好几次事先认真准备、跟我一起构思、撰写的对谈都非常满意。可惜的是，人们一般进行的采访跟对谈没有任何关系：一、采访者只向你提一些他所感兴趣的问题，而你对这些问题毫无兴趣；二、在你的回答中，他只采用他觉得合适的；三、他用他的语言、他的思维方式来阐释你的回答。在美国式新闻的影响下，他甚至不屑于让你确认他让你说出的话是否正确。采访发表了。你安慰自己说：人们很快就会忘了的！根本不是：有人还会引用！甚至那些最严谨的大学教授也不再将一个作家自己写的、署了名的词句与那些别人转述的他的话区别开来。一九八五年六月，我坚定地下了决心：不再接受任何采访。除了一些对话，由我参与撰写，并附有我本人的版权标记，任何别人转述的我的话，从那一天起，都必须被看作假的。

【沉思】*MÉDITATION* 小说家有三种基本可能性：讲述一个故事（菲尔丁），描写一个故事（福楼拜），思考一个故事（穆齐尔）。十九世纪的小说描写跟那个时代的精神（实证的、科学的）是和谐一致的。将一部小说建立在不间断的沉思之上，这在二十世纪是跟这个根本不再喜欢思考的时代的精神相违背的。

【重复】*RÉPÉTITIONS* 译者们喜欢通过同义词来替代作者对同一个词的重复，从而改善一个作家的文风。人们对我说："在法语里面，不能出现这样的重复。"然而，法国

最美的散文之一就是以这样的句子开头的:
"我当时热恋着伯爵夫人……我那时只有二十岁,非常天真;她欺骗了我,我生气了,她离开了我。我非常天真,我后悔了;我那时只有二十岁,她原谅了我;而因为我那时只有二十岁,我非常天真,我还是被欺骗了,但她不离开我了,我自以为是世界上最被人爱的情人,因此是男人中最幸福的人……"(维旺·德农,《明日不再来》)试试用同义词去代替这些重复:所有细腻的巧思将荡然无存。

【丑陋】LAID 经历了那么多由于警察以及丈夫的不忠而难受的故事之后,特蕾莎说:"布拉格变得很丑陋。"译者们想用"可怕"或者"不堪忍受"来代替"丑陋"这个词。他们认为用一种美学判断来对一个道德处境做出反应,是不合逻辑的。但是,"丑陋"这个词是不可替代的:一六二一年,在老城的广场上,二十七名波希米亚贵族被砍头,布拉格为之惊愕，但没有因此而变得丑陋。相反，现代社会的丑陋是无处不在、具有压迫感的，它在我们任何细微的沮丧时刻都会突然呈现。

【从前】*NAGUÈRE* 那些用来指代过去的词，以前（*autrefois*）是中性的，过去（*jadis*）在我听来就像是一个判决，因为最后那个发音的 *s*。从前（*naguère*）听起来是一种抱怨。但也许是因为我的捷克口音，我在读这个词的时候，会将 *è* 这个音拖长，好像后面还有一个 *è*，留下一种抱怨的惊诧：*naguèère, naguèère*······

【粗俗】*VULGARITÉ* 一九六五年，我把《玩笑》的手稿给一个朋友看，他是一位很好的捷克哲学家。他狠狠地指责我，说我粗俗，说我羞辱了埃莱娜人性的尊严。可是，怎么可能回避粗俗？这是人的生存不可或缺的一面啊！粗俗的区域位于下半身，是身体与它的自然需求所处的区域。粗俗：让灵魂屈辱地接受下半身的统治。乔伊斯的《尤利西斯》是第一部抓住了粗俗的宽广主题的小说。

【存在】（ÊTRE）很多朋友都劝我不要用《不能承受的存在之轻》这样一个书名。或者至少去掉"存在"这个词？这个词让所有人都难办。译者们即使能找到对应，一般也会用更为简单的词来代替：生活，生命，境遇……一位捷克译者想将《哈姆雷特》变得更现代一点："活，还是不活……"然而，正是在这句著名的台词中，显示出了生命与存在的差别：假如在死了之后，人还继续做梦，假如在死了之后，还有东西存在着，那么，死亡（非生命）并不能让我们摆脱对于存在的恐惧。哈姆雷特提出了存在的问题，而不是生命的问题。对于存在的恐惧："死亡有两个方面：它是非存在，但它也是存在，是尸体的可怕的物质存在。"（《笑忘录》）

【大男子主义者】MACHO 大男子主义者崇

拜女性并希望能统治他所崇拜的。他歌颂被统治的女人原始的女性特征（她的母性，她的生育能力，她的脆弱，她的恋家，她的多愁善感，等等），其实是在歌颂他自身的雄性。相反，蔑视女性者害怕女性，他躲避那些过于女人的女人。大男子主义者的理想：家庭。蔑视女性者的理想：单身，有许多情妇，或者跟一个所爱的女人结婚而没有孩子。

【定义】*DÉFINITION* 小说思考性的一面是由几个抽象词组成的支架撑起来的。假如我并不想含糊其词，不想让大家以为什么都理解了而其实什么也没有理解，那我就不仅要以极大的精确性去选择这些词，而且还必须去定义、再定义。（见〖愚蠢〗〖命运〗〖边界〗〖轻〗〖抒情性〗〖天堂〗〖背叛〗）在我看来，一部小说经常只是对几个难以把握的定义进行长久的探寻。

【非……】*NON-* 在捷克语或者德语中，有着几乎无限的可能性，只需要加一个简单的前缀 non-，就可以生出一个代表否定意义的新词。海德格尔的"非世界"（*Die Umwelt*）：失去了其实质的世界。或者弗拉基米尔·霍朗[1]的这句诗：在树荫中，有着非树荫。要想翻译成法语，不可避免地要创造一个复合词，无论显得多么奇怪。在我的小说中：非存在，非命运，非爱情，非思想，不归。

【非存在】*NON-ÊTRE* "……温和的微蓝色的、与非存在同名的死亡。"我们不能说"微蓝色的、与虚无同名的"，因为虚无不是微蓝色的。这就是非存在跟虚无是两个完全不同的事物的证明。

【非思想】*NON-PENSÉE* 我们不能把它翻译成"思想的缺席"。思想的缺席指一种非现实，是现实的逃逸。我们不能说一种缺席是侵略性的，也不能说它在向前推进。相反，

---

1 Vladimir Holan（1905—1980），捷克诗人。

非思想指的是一种现实，一种力量；因此我可以说：侵犯性的非思想，固有观念的非思想，大众媒体的非思想，等等。

【讽刺】*IRONIE* 谁对？谁错？爱玛·包法利是令人无法忍受，还是勇敢而令人感动？没有答案。小说本质上是讽刺的艺术，也就是说，它的"真理"是隐藏起来、不说出来的，而且是不可以说出来的。人总是在寻求世界的简单化的形象，在那里，善恶分明。随着堂吉诃德的英雄主义，小说开始跟这种根深蒂固的要求对着干，将人类事物的根本的模糊性展现出来。讽刺不是某个作家的个人倾向。它是作为艺术的小说必须有的。讽刺＝展现模糊性的方式。

【改写】*REWRITING* 采访，对谈，谈话录。改编，改编成电影或电视。改写是这个时代的精神，记者是这个时代的国王，思想与意象的准确已经是不合时宜的奢侈。"总有一天，所有过去的文化都会被完全重写，被完全遗忘在它们的改写背后。"（《雅克和他的主人》序）。还有："人家写好的东西，胆敢把它改写的人去死吧！希望有人把他们用木桩刺穿，然后放在小火上面慢慢烤！最好把这些人通通都阉掉，顺便把他们的耳朵也割下来！"（《雅克和他的主人》里的主人）。

【格言】*APHORISME* 源于希腊语 *aphorismos*，意思是"定义"。格言：定义的诗性形式。

【孤单】*ESSEULÉ* 被抛弃，被扔进孤独之中。这是其整个语族中最具表现力的词：孤独（*solitaire*），遗弃（*abandonné*），落单（*délaissé*），等等。还有与它一起产生共振的语音联想词：垂柳（*saule pleureur*）。

*【孩子掌权】*INFANTOCRATIE* "一个骑摩托车的人冲向空无一人的街道，手臂与腿呈 O 形，然后又在轰隆声中沿着笔直的大道骑了上来；他的脸上流露出一个孩子一面嚎叫、一面认为他的嚎叫是天底下最重要的事情的严肃神情。"（穆齐尔《没有个性的

人》）一个孩子的严肃神情：这就是科技时代的面孔。孩子掌权：将儿童时代的理想强加于人类。

【黄昏（与骑脚踏车的人）】 *CRÉPUSCULE (et vélocipédiste)* "……骑脚踏车的人（这个词在他看来跟黄昏一样美丽）……"（《生活在别处》）这两个名词在我看来具有魔力，因为它们都来自遥远的地方。*Crepusculum* 是奥维德钟爱的词。脚踏车这个词则来自技术时代遥远而天真的初始时期。

【惶恐不安】 *HAGARD* 我喜欢这个源自德语的词，因迷失在另一种语言里而惶恐不安。

【家园】 *CHEZ-SOI* 捷克语是 *domov*，德语是 *das Heim*，英语是 *home*，意即：有我的根的地方，我所属的地方。家园的大小仅仅通过心灵的选择来决定：它可以是一间房间、一处风景、一个国家、整个宇宙。在德国古典哲学中，*das Heim* 指的是古希腊世界。捷克国歌以下面的诗句开始："我的 *domov* 在哪里?"法语是这样翻译的："我的祖国在哪里?"可祖国是另外一回事:祖国是 domov 政治的、国家的说法。祖国是个自豪的词,*das Heim* 是个感伤的词。在祖国与家(我具体的屋舍)之间,法语(法语的感性)有着一个空白。要想填补这一空白,除非是赋予"家园"这个词一个伟大的词沉甸甸的重量。(见[连祷文])

【价值】*VALEUR* 六十年代的结构主义将价值问题搁在了一边。然而,结构主义美学的奠基人说:"只有假设存在一种客观的美学价值,才能给予艺术的历史演变一个意义。"(扬·穆卡洛夫斯基《作为社会事实的功能、规范与美学价值》,布拉格,一九三四年)探询一种美学价值意味着:试图限定、命名一部作品对人类世界进行的发现、革新和给它带来的新观点。只有被承认具有价值的作品(其新颖性被把握、被命名的作品)才可以成为"艺术的历史演变"的一部分。这一演变并非事实的一种简单延续，而是对价值的一种探寻。假如我们撇开价值问题，只满足于对一部作品（一个历史时期，一种文化，等等）展开某种描述（主题的，社会学的，形式主义的），假如我们在所有的文化与所有的文化活动之间都画上等号（巴赫与摇滚乐，连环画与普鲁斯特），假如艺术批评（对价值的思考）再也找不到可以表达的地方，那么"艺术的历史演变"将失去它明确的意义，将会崩溃，将成为作品庞大而荒诞的堆积。

【捷克斯洛伐克】 *TCHÉCOSLOVAQUIE* 虽然我小说的情节一般发生在捷克斯洛伐克，但我从来不用这个词。这个复合词太年轻了（出现于一九一八年），在时间上没有根基、没有美感，而且它暴露出所指的事物经过组合、过于年轻（没有经受时间考验）的一面。严格来说，即便在这样一个不牢固的词上可以建立起一个国家，建立起一部小说也是不可能的。所以，为了指代我的那些人物所生活的国家，我总是用古老的"波希米亚"一词。从政治地理学角度来看，这并不确切（我的译者们经常拒绝使用），但从诗性角度来看，这是唯一可能的叫法。

*【节奏】*RYTHME* 我很怕听到自己心脏跳动的声音，它不断提醒我，生命的时间是有限的。这也是为什么我总觉得在乐谱上标出的那些节拍线有些恐怖。可是，最伟大的节奏大师都成功地让人不去注意这一单调的、可预知的规律性。最伟大的复调音乐家：以对位的、水平的构思，减弱节拍的重要性。贝多芬：在他最后一个时期，我们几乎听不到节拍，尤其是在缓慢的乐章中，节奏非常复杂。我对奥利维埃·梅西昂[1]非常钦佩：他用附加或减掉一些小的节奏时值的手法，发明了一种不可预知的、无法计算的时间结构。一般人认为：欲体现节奏的精髓，就要大肆强调规律性。这是错误的。摇滚乐那种

---

[1] Olivier Messiaen（1902—1992），法国作曲家。

原始的节奏使人极为难受：心跳被迫加速，让人一秒钟也无法忘记他正走向死亡。

【精英主义】*ÉLITISME* "精英主义" 这个词在法国到一九六七年才出现，"精英主义者"（*élitiste*）这个词到一九六八年才出现。在历史上，第一次，语言本身在 "精英"（*élite*）概念上笼罩了一种否定的甚至蔑视的色彩。

共产主义国家的官方宣传也在同时期开始反对精英主义与精英主义者。它使用这两个词，针对的不是企业家、著名的运动员或者政治家，而仅仅是文化精英：哲学家、作家、教授、历史学家、电影界人士和戏剧界人士。

这一同步现象令人惊讶。它让人联想到，在整个欧洲，文化精英正在向别的精英让出自己的位置。在那边是让给警察机器的精英。在这边是让给大众媒体机器的精英。这些新的精英，没有人会指控他们 "精英主义"。所以，这个词不久之后就将被人遗忘。

【绝对】*ABSOLU* 既然从本质上讲，小说涉及形而上学，那么，一些形而上的词汇（绝对、本质、存在等）在小说中就应该有自己的位置。但在这种情况下，就必须保护它们不受口语的、大众化的影响。不能用"绝对地"代替"完全"，"本质的"代替"重要的"，"荒谬的"代替"愚蠢的"。

【老年人】*VIEILLESSE* "老学者在观察这群喧闹的年轻人，他突然明白在这大厅之中他是唯一拥有自由的人，因为他已经上了年纪；只有当一个人上了年纪，他才可能对身边的人、对公众、对未来无所顾忌。他只和即将来临的死神朝夕相伴，而死神既没有眼睛也没有耳朵，他用不着讨好死神；他可以说他喜欢说的东西，做他喜欢做的事情。"（《生活在别处》）伦勃朗与毕加索；布鲁克纳[1]与雅纳切克。

---

1 Anton Bruckner（1824—1896），奥地利作曲家。

【连祷文】*LITANIE* 重复：音乐作曲的原则。连祷文：变成音乐的话语。我希望小说在它思考性的段落，能够时不时转化为吟唱。下面就是在《玩笑》中为"家园"这个词而创作的一段连祷文似的文字：

"……我觉得在这些歌中存在着我的出路，我最初的印记，我背叛了的家园，而正因我背叛了，更是我的家园（因为最揪心的痛苦表达是从被背叛的家园中生出的）；但我同时明白，这一家园不属于这个世界（可那是怎样的家园，假如它都不属于这个世界？），我们所吟唱的只不过是一个回忆，一个纪念碑，是对已不存在的东西在想象中的保存，我感到这一家园的地面在我的脚下塌陷，而我嘴上叼着口琴，滑入一年复一年、一个世纪接一个世纪的深渊中，滑入一个无底的深渊中，于是我惊诧地对自己说，我唯一的家园就是这一下坠，这一下沉，这一饱含探寻、贪婪的下坠，下沉，我完全委身于它，委身于眩晕的快感。"

在最初的法文译本中，所有的重复都被一些同义词取代了：

"……我觉得在这些歌词中，我就像在我家中，我来自这些歌词，这些歌词的全部就是我最初的标记，我的家，由于我的背叛，尤其属于我（因为最揪心的痛苦表达是从我们不再配获得的窝中生出的）；确实，我隐隐感到它不属于这个世界（那它还是一个存身之处吗，假如它并不处于这个世界上?），我们的吟唱与我们的旋律，除了我们的回忆、我们的纪念碑和一个不再存在的美妙现实的图像残余之外，再无别的实体，我感到在我的脚下塌陷着这个家的地基，我感到，嘴上叼着口琴，我滑入一年复一年、一个世纪接一个世纪的深洞中，滑入一个无底的深渊中，于是我惊讶地对自己说，这一下坠是我唯一的寄托，这一饱含探寻、贪婪的下坠，于是我就这样任我下坠，完全沉浸到

眩晕的快感之中。"(《玩笑》)

【流畅】*COULER* 在一封信中，肖邦描绘了他在英国的生活。他在沙龙中演奏，那些贵妇人总是用同样一句话来表达她们的欣喜："啊，多美啊！像水一般流畅！"肖邦非常恼火，就像我听到人们用同样一句话来赞扬一个译本："这非常流畅。"或者还有："就好像是一位法国作家写的。"可要是海明威读起来像一位法国作家，那就糟了！他的风格在一位法国作家那里是不可想象的！弗朗索瓦·克雷尔敢于与所有固有观念抗争："一部好的译作应当承认，它就是一部译作！"

【帽子】*CHAPEAU* 每个小说家都有自己独有的"具有魔力的物品"在追随着他。在《笑忘录》里面，有一顶帽子掉进墓穴里，落到了棺材上，"仿佛死者对尊严还保有徒劳的渴望，面对如此庄严的时刻，想在头上戴顶帽子"。一顶圆顶礼帽贯穿了整部《不能承受的生命之轻》。我还记得一个梦：一名十岁的男孩在一个池塘边，头上戴着一顶黑色大帽子。他跃入水中。人们把他拉出来时，他已淹死。他头上还是戴着那顶黑色帽子。在梦中，我听到了这样一个词：黑色的橡胶帽。

*【美（与知识）】BEAUTÉ（et connaissance） 那些跟布洛赫一样说知识是小说的唯一道德的人都被"知识"一词的金属光环欺骗了，因为这个词跟科学的联系太紧了。所以应当加上：小说所发现的存在的所有方面，它都是作为美去发现的。最早的小说家发现了冒险。正是多亏了他们，冒险才让我们觉得美，才让我们渴望冒险。卡夫卡描写了悲剧性地掉入陷阱的人的处境。以前，卡夫卡专家对这位作者到底有没有给我们希望争论不休。没有，没有希望。但给了别的东西。即使是这一无法生活的处境，卡夫卡也是把它作为一种神奇的、黑色的美而发现的。美是当人不再有希望的时候最后可能得到的胜

利。艺术中的美：从未被人说过的东西突然闪耀出的光芒。这一照亮伟大小说的光芒，时间是无法使它黯淡的，因为，人类的存在总是被人遗忘，小说家的发现，不管多么古老，永远也不会停止使我们感到震撼。

【没完没了的】 *SEMPITERNEL* 没有一种语言有这样一个词，在面对永恒时如此放肆。与之产生共振的一些联想：怜悯（s'apitoyer）—小丑（pitre）—可怜的（piteux）—灰暗的（terne）—永恒（éternel）。小丑面对一种如此灰暗的永恒心生怜悯。

【媚俗】 *KITSCH* 写《不能承受的生命之轻》时，我有些担心将"媚俗"一词变成该书的一个关键词。事实上，就在近期，这个词在法国差不多还是陌生的，或者以非常贫乏的意义而为人所知。在赫尔曼·布洛赫那篇著名随笔的法文版中，"媚俗"一词被译成"蹩脚的艺术"（*art de pacotille*）。这是一个误译，因为布洛赫证明"媚俗"并非仅仅是一部品味差的作品。有媚俗的态度。媚俗的行为。媚俗者（kitschmensch）的媚俗需求，就是在美化的谎言之镜中照自己，并带着一种激动的满足感从镜中认出自己。对布洛赫来说，在历史上，媚俗是跟十九世纪多愁善感的浪漫主义联系在一起的。由于十九世纪德国与中欧的浪漫主义远甚于别的地方（现实主义远不及别的地方），所以"媚俗"一词诞生了，它在那里还在不断被人使用。在布拉格，现代艺术家们一直认为媚俗是美学之恶的实质。在法国，与真正的艺术相对的是娱乐。跟严肃的艺术相对的是轻浮的艺术。与伟大的艺术相对的是二流的艺术。可对我来说，我从来没有觉得贝尔蒙多的侦探电影让我厌烦！我喜欢它们！它们很诚实，它们不伪装任何东西！相反，柴可夫斯基的钢琴协奏曲，粉红色的拉赫玛尼诺夫，好莱坞大片《克莱默夫妇》《日瓦戈医生》（啊，可怜的帕斯捷尔纳克！），都是我深深地、真心地厌恶的。而且我越来越被一些在形式上力求现代主义的作品中出现的媚俗精神惹恼。（我还要加上一句：尼采对维克多·雨果那些"漂亮的词语"和"炫耀的华丽大衣"的反感，以及对瓦格纳的"无法模仿的糖"的反感，正是在媚俗这个词尚未产生时对该类现象的厌恶。）

【蔑视女性的人】*MISOGYNE* 我们当中的每一个人在最初生下来的时候，都要面对一个母亲和一个父亲，即一个女性和一个男性，因而带上跟这两个原型中的每一个之间和谐或不和谐关系的印记。蔑视女性的人不光在男人中有，在女人中也有，蔑视女性的人跟蔑视男性的人（即那些跟男性原型关系不和谐的男女）一样多。这些态度是人在其生存状况中不同的又完全合法的可能性。女权主义者的善恶二分法从来没有提出过蔑视男性的问题，并把蔑视女性仅仅看作侮辱。这样人们就避开了这个概念的心理内容，而正是这心理内容才是值得分析的。

【蔑视艺术的人】 *MISOMUSE* 缺乏艺术细胞并不可怕。一个人完全可以不读普鲁斯特，不听舒伯特，而生活得很平和。但一个蔑视艺术的人不可能平和地生活。他因有一种超越于他的东西存在而感到受辱，于是他恨这种东西。存在一种大众的蔑视艺术现象，正如存在一种大众的反犹太人心理。法西斯制度利用了它，来反对现代艺术。但也存在一种知识分子的、斯文的蔑视艺术现象：它报复艺术，使之服从于一个位于美学之上的目的。"介入"艺术的教理就是将艺术视为一种政治的手段。对有些教授来说，一件艺术作品只是进行某种方法论（心理分析、符号学、社会学等等）练习的借口。艺术的末日：蔑视艺术的人自己来做艺术；这样，他们的历史性报复就得以实现了。

【命运】 *DESTIN* 有那么一刻，我们生活的形象开始跟生活本身分开，变得独立，而且渐渐开始主宰我们。在《玩笑》中就已经是这样："……不存在能修正我这个人形象的任何手段，因为我的形象是存放在人类命运的一个最高法院之中的；我明白这一形象（尽管它与现实如何不符）要比我本人真实得多；我明白这一形象根本不是我的影子，而我才是我形象的影子；我明白根本不可能指责这一形象跟我不相似，而我本人才是这种不相似的罪魁祸首……"

而在《笑忘录》中："命运连抬起小手指为米雷克（为他的幸福、他的安全、他的心境和他的健康）做点儿什么的意图都没有，而米雷克却为了他的命运（为了它的伟大、它的澄明、它的美丽、它的风格和它的寓意）甘愿赴汤蹈火。他觉得他对自己的命运负有责任，而他的命运却不觉得对他负有责任。"

跟米雷克相反，《生活在别处》中那位四十来岁的享乐主义人物则坚持他"非命运的田园牧歌"。实际上，一个享乐主义者拒绝将他的生活变为命运。命运吸干我们的血，压在我们身上，它就像是系在我们脚踝上的铁球（顺便说一句，这位四十来岁的男人在我所有的人物中是最接近我本人的一个）。

*【欧洲】*EUROPE* 在中世纪，欧洲的统一建立在共同的宗教之上。在现代，宗教让位于文化（艺术，文学，哲学），文化成为最高价值的实现，欧洲人就通过这些最高价值而互相认识、互相定义、互相认同。而今天，文化也让位了。但让位给什么，让位给谁呢？能够统一欧洲的最高价值将在什么领域得以实现？科技成果？市场？带有民主理想、带着宽容原则的政治？可这一宽容如果不再保护任何一种丰富的创造、任何一种有力的思想，那它不是变得空洞而无用？或者我们可以把文化的退出看作一种解放，应当欢快地去接受这一事实？我不知道。我只知

道文化已经让位。就这样，欧洲统一体的形象已经远逝而成为过去。欧洲人：怀念欧洲的人。

【品味（好品味）】*GOÛT*（*bon goût*）《告别圆舞曲》："克利玛最后几句话里弥散出的忧郁气氛，对她来说却带有一种惬意的芬芳。她嗅着，就像在闻着一块烤肉。"德语译者换了说法："他的忧郁让她受用，就像是浴缸里的泡沫。"在他看来，将忧郁比喻成烤肉是粗俗的！他就像是好品味之神的本尊，对我进行了审查。

【平凡】*ORDINARITÉ* 不是平庸，也不是粗俗。这是一种不想出众的人的品质，是一种无辜的、无攻击性的普通平常。平凡的魅力，温柔：露茜（《玩笑》）。

【平庸】*MÉDIOCRITÉ* 首先指的是中间的、一般的、平均的品质。后来，它的意义转化为：低于一般的，差的。因此，法语就失去了一个在理解当代世界的力量时不可替代的概念：位于中间的一般性的概念。

【轻】 *LÉGÈRETÉ* 不能承受的生命之轻，我在《玩笑》中就已经找到了："走在布满灰尘的马路上，我感到空虚的沉重的轻，压在我的生命之上。"

还有，在《生活在别处》中："雅罗米尔有时会做一些可怕的梦：他梦到自己必须抬起一件非常轻的物体，一个茶杯、一把匙子、一根羽毛，可他做不到，物体越轻，他就越虚弱，他被压在了物体的轻之下。"

还有，在《告别圆舞曲》中："拉斯科尔尼科夫像经历一场悲剧似的经历了他的罪孽，他最终被自己行为的重负压垮。而雅库布惊讶自己的行为竟然那么轻，几乎没什么分量，根本不能压倒他。他不禁反诘，在这种轻之中，是不是有跟那个俄国主人公的歇斯底里情感同样可怖的东西。"

还有《笑忘录》："胃中的空囊，正是不能容忍的重量的缺失。正像一个极端可以随时转化成另一个极端，到达了极点的轻变成了可怕的轻之重，塔米娜知道她一秒钟也不能再忍受了。"

只是在重读我所有书的译本时，我才惊讶地发现，原来我重复了那么多次！然后我就安慰自己：所有的小说家也许都只是用各种变奏写一种主题（第一部小说）。

【青春】JEUNESSE "一阵对我自己的愤怒淹没了我，对我当时的年龄的愤怒，对愚蠢的抒情时代的愤怒……"（《玩笑》）

【缺乏经验】INEXPÉRIENCE 最早为《不能承受的生命之轻》所构思的题目是《缺乏经验的世界》。我把缺乏经验看作人类生存处境的性质之一。人生下来就这么一次，人永远无法带着前世生活的经验重新开始另一种生活。人走出儿童时代时，不知青年时代是什么样子，结婚时不知结了婚是什么样子，甚至步入老年时，也还不知道往哪里走：老人是对老年一无所知的孩子。从这个意义上说，人的大地是缺乏经验的世界。

【柔弱的】 *TENDRE* "男人穿过房间，坚实地举着雅罗米尔，空中的雅罗米尔如同一条柔弱的鱼，绝望地挣扎着。"（《生活在别处》）

【生活（大写的生活）】 *VIE（avec le V en majuscule）*保罗·艾吕雅在他的超现实主义檄文《一具尸体》中抨击阿纳托尔·法朗士的遗体："跟你一样的人，尸体啊，我们不喜欢他们……"等等。在这位伟大的小说家尸骨未寒的棺材上踹上一脚之后，他紧接着说出了下面的理由：

"我一想到生活，眼中就充满了泪水。生活今天已只存在于一些仅靠温情支撑着的琐碎的小事中。怀疑主义、讽刺、懦弱，法兰西啊，这就是法兰西的精神？一股巨大的遗忘的气息将我从这一切中拉开。也许我从未读到过、看到过任何使生活的荣誉蒙羞的东西？"

跟怀疑主义与讽刺针锋相对,艾吕雅在这段充满修辞效果而空洞的话中提出了琐碎的小事、眼中的泪水、温情、生活的荣誉,对,大写的生活的荣誉!原来在这一冠冕堂皇的反保守主义行为的背后,隐藏着最淡然无味的媚俗精神。

【书】*LIVRE* 我至少一千次在不同的广播或电视节目上听到有人说:"就像我在我的书中所说的……"说话的人把"书"(*li-vre*)这个音节拉得很长,而且至少比前面的那个音节高出一个八度:

当同一个人说"……在我的城市就是这么用的"时,在"我的"(*ma*)与"城市"(*ville*)两个音节之间,则连四分之一拍也不到:

com' c'est l'usage dans ma ville...

一说到"我的书",就坐上了自我陶醉的语音升降机。

【抒情的】 *LYRIQUE* 在《不能承受的生命之轻》中，谈到了两种追逐女性者：抒情的追逐女性者（他们在每个女人身上寻找他们自己的理想）以及史诗的追逐女性者（他们在女人身上寻找女性世界无穷的多样性）。这一点跟传统上对"抒情的"与"史诗的"（以及"戏剧的"）进行的区分相符，这一区分只是到了十八世纪末才在德国出现，并在黑格尔的《美学》中得到淋漓尽致的发挥：抒情是坦诚相见的主观性的表达；史诗源自意欲把握世界的客观性的激情。抒情与史诗对我来说超越了美学领域，它们代表了人面对自己、面对世界、面对他人的两种可能的态度（抒情时代＝青春时代）。可惜的是，法国人对这一抒情与史诗的观念是那么陌生，使我不得不接受，在法文版本中，抒情的追逐女性者成了浪漫的色鬼，而史诗的追逐女性者成了放荡的色鬼。这是最佳的处理方法，可还是让我觉得有些悲哀。

【抒情性（与革命）】 *LYRISME*（*et révolution*）"抒情就是一种沉醉，人总是为了更好地和这个世界搅和在一起而沉醉。革命不需要研究和观察，它需要我们和它结为一体；正是这个意义上它是抒情的，并且必须是抒情的。"（《生活在别处》）"把男男女女关在牢里的墙上涂满诗句，在这墙的前面，人们在跳舞。不，不是死神舞。在这里，是纯真在跳舞！纯真带着它滴血的微笑。"（《生活在别处》）

【思考】 *RÉFLEXION* 思考性的段落：最不容易翻译的部分。必须保证它们的准确性（每一个语义上的不忠都会使思考变成是错误的），但同时要保持它们的美。思考的美体现在思考的诗性形式上。据我所知，存在三种这样的形式：一、格言式；二、连祷文式；三、比喻式。（见〖格言〗〖连祷文〗〖比喻〗）

*【思想】*IDÉES* 我对那些将一部作品简化为它的思想的人深感厌恶。我最怕被引入到所谓的"思想辩论"中。我对这个被铺天盖地的思想掩盖而对作品本身漠然的时代感到绝望。

【斯拉夫的】*SLAVE* 六年前，一位女性朋友给我看了她买的《玩笑》。她用铅笔在这句话下面画了线："在我们争吵的战舰后面，我看到时光的平静水流再次合上……"并在页边空白处加上了一句："斯拉夫的想象力。"她并不知道，"我们争吵的战舰"是我的译者众多慷慨的添加物之一。但是，涉及"斯拉夫的"，她的理解跟我的是一样的。对事物过度的诗性化，情感外露，假装深刻，目光深邃总像是在说些什么并指责你不知道他要说什么……这是我对斯拉夫灵魂的理解。斯拉夫灵魂，纯粹负面的概念。

【苏维埃的】 *SOVIÉTIQUE* 我不用这个形容词。苏维埃社会主义共和国联盟：这是"四个词，四个谎言"（卡斯托利亚迪斯[1]语）。苏维埃人民：一个语词的屏风。在屏风的后面，所有被俄罗斯帝国同化的民族都必须被遗忘。"苏维埃的"这个词不仅适合于大俄罗斯那种具有侵犯性的民族主义，也适合于俄国那些持不同政见者的民族自豪感。它使那些人相信，通过一个魔咒般的契约，俄罗斯（真正的俄罗斯）并不存在于被称为苏维埃的国家之中，而是作为一种丝毫未损的、未受任何玷污的实质永存，没有受到任何指责。德意志意识在纳粹时代之后受了创伤，带上了负罪感；托马斯·曼就对德意志精神进行了冷峻的责难。

---

1 Cornelius Castoriadis（1922—1997），法国社会批评家。

波兰文化的成熟就是在贡布罗维奇快乐地批判"波兰性"的时候。无法想象俄国人批判"俄国性",因为那是不受玷污的实质。俄国人中没有出一个贡布罗维奇,也没有出一个托马斯·曼。

【田园牧歌】 *IDYLLE* 第一个冲突出现之前世界的状态;或者是冲突之外世界的状态;或者冲突只是误会,即假的冲突。"虽然他的爱情生活极为多变,这位四十来岁的男人本质上是个田园牧歌式的人……"(《生活在别处》)将艳遇与田园牧歌调和的愿望,就是享乐主义的本质——而且正因如此,享乐主义理想是人所无法达到的。

【通奸】 *FORNIQUER* 阿丽丝(《好笑的爱》)想要信上帝,听从上帝的戒律。但唯有一个戒条让她觉得站不住脚,构成了一种挑战:你不得通奸!因此,上帝在她眼里就被简化为"禁欲"(*Buh nesouloze*)的上帝。用法语说就是:反通奸的上帝。

*【透明】 *TRANSPARENCE* 在政治与新闻的语言中，这个词意味着：面对公众的目光，揭示个体的生活。这让我想到安德烈·布勒东以及他那生活在众目睽睽之下玻璃屋中的愿望。玻璃屋：一个古老的乌托邦，同时又是现代生活最可怕的方面之一。存在这样一个定律：国家的事务越是不清不楚，个人的事情就越必须透明；官僚主义尽管代表的是公事，但它是匿名的、秘密的、有密码的、无法让人理解的，而私人则必须显示他的健康情况、经济情况、家庭状况。而且，假如大众媒体判决、决定的话，他就再也得不到一刻的隐私，不管是在爱情中、疾病中，还是在死亡中。打破别人隐私的欲望是侵犯性的一种古老形式，今天，这一形式已经机构化（官僚主义体制以及它的那些卡片；媒体以及它的那些记者），在道德上合法化（获得资讯的权利成了人的第一权利），并被诗意化了（通过一个美丽的词：透明）。

【微蓝色的】*BLEUTÉ* 没有任何一种色彩能在语言中带有如此的温柔。这是一个诺瓦利斯式的词。"这是泛着温和的微蓝色的、与非存在同名的死亡。"（《笑忘录》）

【微笑】*SOURIRE* 一动不动地，粘在一张脸上；异常邪恶的记号。

【喜剧性】*COMIQUE* 悲剧在向我们展示人类伟大的美妙幻景的时候，为我们带来了一种安慰。喜剧更残酷：它粗暴地向我们揭示一切的无意义。我猜想人类的一切事物都有它们喜剧性的一面，这一面在某些情况下，是被人认识、接受、表现了的，而在另一些情况下，是被隐藏起来的。真正的喜剧天才并非那些让我们笑得最厉害的人，而是那些揭示出喜剧不为人知的区域的人。大写的历史一直被看作完全严肃的领域。其实，它也有不为人知的喜剧性的一面。正如性欲也有它喜剧性的一面（而这一点人们很难接受）。（借此机会，向两位朋友致敬：菲利普·罗

斯和米洛斯·福尔曼——尤其是向后者的
《消防员舞会》致敬。）

【下流】 *OBSCÉNITÉ* 在一门外语中使用下
流的词，并不觉得它下流。带着一定的外国
口音说下流的词，就会变得好笑。很难对一
个外国女人下流。下流：把我们维系在祖国
身上的最深的根。

【闲】 *OISIVETÉ* 众恶之母。哪怕这个词在
法语中听起来有多么诱人。那是因为有一种
与之共振的联想：闲，夏天的鸟。

【现代】 *TEMPS MODERNES* 现代的到来，
是欧洲历史上的关键时刻。上帝成了隐匿的
上帝，人成了一切的基础。欧洲的个人主义
诞生了，并随之产生了艺术、文化与科学的
新局面。我在把这个词翻译到美国时遇到了
一些困难。假如翻成 *modern times*，美国人就
会理解成：当代，我们这个世纪。美国对现
代概念的无知一下子就显示出两个大陆之间
的整条裂缝。在欧洲，我们正在经历现代的

终结，个人主义的终结，作为一种不可取代的个人独创性表现的艺术的终结，预示着一个前所未有的单一性时代就要到来的终结。这种终结感，美国是感觉不到的，因为它并没有经历现代的诞生，它只是现代的后到的继承者。它所了解的开端与终结的标准是不同的。

【现代（成为现代人）】 *MODERNE（être moderne）* "共产主义这颗星是新的、崭新的、全新的，在它之外，没有现代性。"一九二〇年前后，伟大的捷克先锋小说家伏拉迪斯拉夫·万楚拉这样写道。他们整整一代人都争先恐后地加入了捷共，以免错过成为现代人之机。捷共的历史衰败自从它处处处于"现代性之外"起就已经注定了。因为正如兰波命令的那样，"必须绝对现代"。成为现代人的欲望是一种原型，也就是一种非理性的命令，深深地扎根于我们内心深处，它是一种坚决的形式，其内容则是不断变化、无法确定的：自称现代并被接受为现代人的人，就是现代的。《费尔迪杜尔克》中的勒伊娜大妈向人展示的"现代性"标志之一就是"大摇大摆、无所谓地走向厕所的样子，而以前人家都是偷偷摸摸去的"。贡布罗维奇的《费尔迪杜尔克》是对现代原型最精彩的揭示。

【现代（现代艺术，现代世界）】 *MODERNE* (*art moderne; monde moderne*) 有一种现代艺术，带着抒情的极乐性，跟现代世界认同。阿波利奈尔是代表。是对科技的赞颂，对未来的痴迷。跟他一起或在他之后有马雅可夫斯基、莱热，未来主义者，各种先锋艺术家。但跟阿波利奈尔相对立的有卡夫卡。卡夫卡的现代世界成了人迷失其中的迷宫。一种反抒情的、反浪漫主义的、怀疑论的、批评性的现代主义。跟卡夫卡一起以及在卡夫卡之后有穆齐尔、布洛赫、贡布罗维奇、贝克特、尤内斯库、费里尼……随着人们不断地冲向未来，反现代的现代主义遗产越来越显现其伟大性。

*【想象】IMAGINATION 人们问我，您想通过塔米娜在孩子岛发生的故事说明什么？这个故事起先是一个使我着迷的梦，然后我在醒着的时候又对它进行幻想，后来在写下它的时候又将它扩展、深化。它的意义何在？真要说的话，就是对一种孩子掌权的未来的梦幻式意象（见〖孩子掌权〗）。然而这一意义并没有先于梦，是梦先于这一意义。所以在读这段叙述时，要任凭想象驰骋。特别是不要把它当作一个需要破解的谜。正是因为那些卡夫卡专家想尽办法要解释卡夫卡，才扼杀了卡夫卡。

【小说】ROMAN 散文的伟大形式，作者通过一些实验性的自我（人物）透彻地审视存在的某些主题。

*【小说（欧洲的）】ROMAN（européen）我所说的欧洲的小说，于现代的黎明时期在

欧洲南部形成，本身就代表了一个历史整体，到后来，它的空间超越了欧洲地域（尤其是到南北美洲）。由于它形式丰富，由于它的发展具有令人眩晕的集中强度，由于它的社会作用，欧洲小说（跟欧洲音乐一样）在任何别的文明中都没有可以与之相比的。

【小说（与诗）】ROMAN（*et poésie*）一八五七年：该世纪最伟大的一年。《恶之花》：抒情诗历史上的巅峰之作。《包法利夫人》：小说第一次做好准备，去接受诗的最高苛求（"超越一切之上寻找美"的意图；每个特殊字词的重要性；文本强烈的韵律；适用于每一个细节的独创性要求）。从一八五七年起，抒情诗将接力棒传给了小说诗，小说的历史自此成为"变成了诗的小说"的历史。但接受诗的苛求根本不是指将小说抒情化（放弃本质的讽刺，不理睬外部世界，将小说变成个人的忏悔，为其添加过多的装饰）。最伟大的"变成了诗人的小说家"都强烈地反抒情：福楼拜、乔伊斯、卡夫卡、贡布罗维奇。小说=反抒情的诗。

【小说（与我）】*ROMAN*（*et moi*）在我的所有创作中，只有小说才配得上一个作品编号。（《好笑的爱》在我看来是一部形式不紧凑的小说。）另外要加上一部戏剧：《雅克和他的主人》——向一部小说致敬的戏剧。而我的文章，则只有几篇有关小说艺术的可以有作品编号。（见〘作品编号〙）

*【小说家（与他的生活）】*ROMANCIER*（*et sa vie*）"艺术家应该设法让后人相信他不曾活在世上。"福楼拜说。莫泊桑不让自己的肖像出现在一个著名作家的作品系列中："一个人的私生活与他的脸不属于公众。"赫尔曼·布洛赫在谈到他自己、穆齐尔和卡夫卡时说："我们三个，没有一个人有什么真正的生平。"这并不是说他们的生活乏善可陈，而是说他们的生活不是要被区别开来，不是要公众化，成为供人书写的生平。有人

问卡雷尔·恰佩克¹为什么不写诗。他的回答是："因为我厌恶谈自己。"真正小说家的显著特征：不喜欢谈自己。纳博科夫说过："我厌恶去打听那些伟大作家的珍贵生活，永远没有一个传记作者可以揭起我私生活的一角。"伊塔洛·卡尔维诺事先告诉人家，他向任何人都不会说一句关于他自己生活的真话。而福克纳希望"成为被历史取消、删除的人，在历史上不留任何痕迹，除了印出的书"。（需要强调的是：是印出的书，所以不是未完成的手稿，不是信件，不是日记。）照一个著名比喻的说法，小说家毁掉他生活的房子，然后用拆下的砖头建起另一座房子：他小说的房子。所以一个小说家的传记作者是拆除小说家所建立的，重建小说家已经拆除的。传记作者的工作从艺术角度来说纯粹是消极的，既不能阐明一部小说的价值，也不能阐明它的意义。一旦卡夫卡本人开始

---

1 Karel Capek（1890—1938），捷克小说家。

比约瑟夫·K吸引更多的关注，那么，卡夫卡去世后再一次死亡的过程就开始了。

【小说家（与作家）】 *ROMANCIER（et écrivain）* 我重读了萨特短小的论文《什么是写作？》。他没有一次使用小说、小说家这些词。他只提到散文作家。这一区分是正确的。作家有独特的想法与不可模仿的声音。他可以采用（包括小说在内的）任何一种文学形式，而且由于他写的一切都带有他的思想、他的声音的印记，所以都属于他作品的一部分。

小说家对自己的想法并不太在乎。他是一个发现者，他在摸索中试图揭示存在的不为人知的一面，而这个方面唯有小说才能阐明和显现。他并不迷恋自己的声音，而是关注他所追求的一种形式，只有那些符合他梦想的苛求的形式才属于他的作品。

作家将自己置于他的时代、他的民族以及思想史的精神地图上。

能够把握一部小说价值的唯一背景就是欧洲小说历史的背景。小说家无须对任何人负责，除了向塞万提斯。

【笑（欧洲的）】 *RIRE（européen）* 对拉伯雷来说，快乐与喜剧还是同一回事。在十八世纪，斯特恩与狄德罗的幽默是对拉伯雷式快乐的一种温柔而怀旧的回忆。到了十九世纪，果戈理已是一个忧郁的幽默家。"假如我们长时间地、专注地看一个好笑的故事，它会变得越来越悲哀。"他说。欧洲看它自己的存在的好笑历史看得太久了，所以到了二十世纪，拉伯雷式的快乐史诗变成了尤内斯库的绝望喜剧。尤内斯库说："能将可怕与喜剧分开来的东西是很少的。"欧洲的笑的历史已接近它的尾声。

【写作癖】 *GRAPHOMANIE* 并非"写信、写日记、写家族编年史的欲望（也就是说为自己或者为自己的亲友而写），而是写书（也就是说拥有不知名的读者大众）"（《笑忘录》）的癖好。这个词在布拉格经常使用。在法国，几乎无人知晓。这怎么可能？答案：当一种癖好是全民的癖好时，就没有人能看到这一癖好。它甚至不再是癖好；它成了一个民族的本质。

【谢谢】MERCI 为什么这个词在法语中的发音那么硬？只有在它是讽刺的时候，它才令人信服。你把谁惹恼了，他对你说："谢谢！"但是，在其他用法里面，这个词彻底绽放了：受制于人（être à la merci），不得不做什么事（être livré à merci）。

【信息】MESSAGE 五年前，斯堪的纳维亚译者向我承认，他的出版商犹豫了很长时间才决定出版《告别圆舞曲》："我们这里所有人都是左派。您传达的信息他们不喜欢。""什么信息？""这部小说不是反对堕胎的吗？"当然不是。在我最隐秘的内心深处，我不仅支持堕胎，而且认为堕胎是必须的！然而，我对这一误解感到宽慰。作为小说家，我成功了。我成功地保持了这个处境的道德模糊性。我忠诚于小说作为艺术的本质：讽刺。讽刺才不管什么信息！

【兴奋】*EXCITATION* 不是快乐、快感、感情、激情。兴奋是情色主义的基础，是它最深层的谜，是它的关键词。"扬心想：人的情色生活开始于没有快感的兴奋，结束于没有兴奋的快感。"（《笑忘录》）

【性高潮】*ORGASME* 有美国人翻译我的作品，只要出现了快乐、肉欲、鱼水之乐，译者清一色地翻译成"性高潮"。一个小说人物（"史诗的追逐女性者"）的头发里有一股女性下体的气味，译者翻译为：它们散发着女性高潮的味道。性高潮中心主义。

【性高潮中心主义】*ORGASMOCENTRISME* "……让她产生快感可不太容易。她向他叫着'快点，快点'，然后又叫'慢点，慢点'，然后又是'使劲儿，使劲儿'，宛如一个正在给八人划的船的桨手发令的教练。她一边全神贯注于她身体上的敏感部位，一边引导着他的手，让他在合适的时候放到合适的地方。他汗流浃背地看着年轻女子急不可耐的眼神和她那狂热的身体动作，这身体是部能动的机器，它的全部意义和目的就在于制造小小的爆发。"（《笑忘录》）

【掩埋】*ENSEVELIR* 一个词的美，并非在于它的音节的语音和谐，而在于它的发音所唤起的语义上的联想。正如在钢琴上敲下的一个音符总是伴随着人们意想不到却与它共振的和音，同样，每个词的周围都有一个看不见的词语的群体，它们不为人所察觉，却与它一起共振。

举个例子。我一直觉得，"掩埋"（*ense-velir*）这个词，以一种仁慈的方式，去掉了这个最令人恐怖的行为的"可怕的物质"的一面。那是因为，它的词根（*sevel*）并不让我联想起什么，而它的发音却让我浮想联翩：汁液（*sève*）—丝绸（*soie*）—夏娃

（*Eve*）—艾芙琳（*Eveline*）—丝绒（*velours*）；用丝绸和丝绒去遮挡。（有人跟我说，你这是完全以一种非法语的方式看待这个法语词。是的，我也这么觉得。）（见〚隐瞒〛〚孤单〛〚闲〛〚没完没了的〛）

【伊甸园】*PARADIS* "在伊甸园中……人还没有被抛入人之轨道……对伊甸园的怀念，就是人不想成其为人的渴望。"（《不能承受的生命之轻》）

【衣帽架】*PORTEMANTEAU* 又一件具有魔力的物品。路德维克去找埃莱娜，以为她自杀了，这时候，他看到了衣帽架："金属的柱架由三条腿支着，顶端分成三叉；上面什么衣服也没挂，它模模糊糊和个人影差不多，显得孤零零的；光秃秃的金属柱和滑稽地向上伸出的胳膊让我越看越着慌。"稍往后一点："……瘦骨伶仃的金属衣帽架举起胳膊，活像个投降的大兵。"我曾梦想着将这个物品的形象用在《玩笑》的封面上，对我来说，它体现了整部小说的氛围。

【遗忘】OUBLI "人与政权的斗争，就是记忆与遗忘的斗争。"这句话在《笑忘录》中由一个人物米雷克说出，常常被人们引用，作为该小说所传递的信息。那是因为读者首先在小说中认出"已经见过的东西"。这"已经见过的东西"就是奥威尔的著名主题：一种极权强制人们遗忘。但我认为关于米雷克的叙述的独创之处完全在别处。这位使出浑身解数捍卫自己、使人不遗忘他（他和他的朋友以及他们的政治斗争）的米雷克同时行不可为之事去让人忘掉另一个人（令他感到羞耻的情妇）。遗忘的意愿在成为一个政治问题之前，首先是一个人类学问题：很久以来，人们就感到需要重写自己的生平，改变过去，抹去痕迹，不管是自己的还是别人的。遗忘的意愿远非一个简单的弄虚作假的企图。萨比娜没有任何理由去隐藏任何事，然而她受到让人忘记她的非理性欲望的推动。遗忘：既是彻底的不公平，又是彻底的安慰。小说对遗忘主题的考察是永无止境、没有结论的。

【译者】 *TRADUCTEURS* 我经常说他们不好，这是不公平的。他们的稿费很低，不被人欣赏，待遇很差，而且人们要求他们做到两件无法兼容的事：在所有方面都与作者保持同等水平，同时又要完全从属于作者。太可怕了。然而，正是他们让我们生活在世界文学的超越国度的空间里。他们是欧洲的、西方的谦逊的缔造者。

*****【遗嘱】** *TESTAMENT* 我所写的（以及我将要写的），不论在世界上任何地方，以任何形式，都只能出版和再版伽里玛出版社最新目录里提到的书。而且没有任何评注。没有任何改编。（见〚作品〛〚作品编号〛〚改写〛）（一九九五年《小说的艺术》再版时增补）。

【隐瞒】 *CELER* 也许这个动词对于我的魅力

在于我听到的回声：封存（sceller）。隐瞒（celer）＝没有盖章的封存（sceller）。封存，瞒起来；封存，是为了隐瞒。

【有趣】AMUSANT 本身有趣，是件好事；刻意有趣，就没那么好了。《玩笑》的法国译者："她当时正值十九春"（代替了"十九岁"）；"她穿着夏娃的衣裳"（代替了"赤裸着"）；"风琴在咕噜咕噜叫"（代替了"发出声音"）。美国译者也同样想显得有趣。我在美国的出版人、好朋友艾伦·阿瑟尔对每一个词都很谨慎，细读校样。他给我打电话："我把所有有趣的词都删掉了!"

【与敌合作者】COLLABO 层出不穷的历史境遇不断揭示人的可能性，并让我们得以命名这些新可能性。比如说，"合作"这个词，在反对纳粹主义的战争中，获得了全新的意义：出于自愿，为一种肮脏的权力服务。这可是一个根本性的概念! 人类怎么可能直到一九四四年都没有这样一个概念? 一旦有了这个词，人们越来越意识到，人的行动有着与敌合作的特点。所有那些为大众媒体的喧嚣、广告上的愚蠢微笑、对大自然的遗忘摇旗呐喊的人，将泄密上升到一种美德的人，都应当把他们称为：现代的与敌合作者。

【愚蠢】*BÊTISE* "在爸爸去世前的一年左右，我和他做例行散步……人们越是悲伤，扬声器就越是为他们演奏……爸爸停下来，他抬头看着那传来噪音的设备，我觉得他有要紧的话想对我说。他缓缓地、吃力地说：'音乐的愚蠢。'"（《笑忘录》）

在第一个法语版本中，克雷尔和我，我们用了"音乐的白痴"。但是，"白痴"，这是一个具有侵犯性的、激动的、骂人的词。需要说：愚蠢。这是一种准确的观察，后面我父亲说的话解释了为什么要这么说："我认为他想对我说的是，存在着一种音乐的原始状态，一种早于它的历史的状态，早于它的第一次追问、第一次思考、第一次有动机

有主题的组合的状态。音乐的这一初始状态
（即没有思想的音乐），反映着与人类共生的
愚蠢。"

在有的语言里，"愚蠢"这个词只能翻
译为"具有冒犯性"的词：傻X，蠢货，白
痴，等等。就好像愚蠢是一种与众不同的东
西，是一种欠缺，一种异常，而不是一种
"人类与生俱来的状态"。

【政治的】*POLITIQUE* 人们在说出这个词的
时候，跟说其他词都不一样。在政客和记者
们的嘴里，第一个音节就像一声枪响，发出
爆破声。"这是一个政治（*PO*litique）问题！"
政治越是在世界的重要问题前无能为力（人
口过剩，科技发展失控，地球的破坏，文化
的消亡），那个 *PO* 的音节就越发迷恋于自
身的重要性。

【制服】*UNIFORME* "既然现实处于可用规
划来表现的计量的统一性上，那么人也必须
进入统一性，假如他想跟现实保持接触的

话。今天，一个没有统一形式的人已经会给人不现实的感觉，就像是一个外来的身体来到了我们的世界中。"（海德格尔《超越形而上学》）土地测量员 K 不是在寻找一种博爱（如"人文主义的"，感伤的），而是在绝望地寻找一种统一的形式。没有这统一的形式，没有一件职员的制服，他就没有"跟现实的接触"，就会给人"不现实的感觉"。卡夫卡是第一个（在海德格尔之前）把握住这一处境变换的人：昨天，人们还能够在多元形式中，在对制服的逃避中，看到一种理想、一个机会、一种胜利；明天，失去制服将代表一种绝对的不幸，一种被摒弃于人类之外的处境。自卡夫卡以来，依靠计量和规划生活的大型机器，世界的制服化进程大大地向前迈进了。但当一种现象变得普遍、日常、无处不在时，人们就再也无法识别它了。飘飘然地陶醉于他们形式统一化的生活中，人们再也看不到自己身上穿着的制服。

*【中欧】 *EUROPE CENTRALE* 十七世纪：巴罗克的巨大力量使这个边界不断变动、无法确定的多民族从而也是多中心的地区具有了一种文化的整体性。巴罗克天主教迟到的阴影一直延伸到十八世纪：既没有出一个伏尔泰，也没有出一个菲尔丁。在众多艺术的等级关系中，音乐占据首位。从海顿起（直到勋伯格和巴托克[1]），欧洲音乐的重心就在此地。十九世纪：出了几个伟大的诗人，但没有出一个福楼拜；毕德麦耶尔派[2]的精神：罩到现实上的田园牧歌的面纱。二十世纪则是反抗。最伟大的思想家（弗洛伊德，小说家）使在前几个世纪中被埋没、不为人知的东西重新获得价值：揭示真相的清醒的理性；现实感；小说。他们的反抗正好与法国现代主义反理性、反现实、抒情的反抗相反

---

1 Béla Bartók（1881—1945），匈牙利作曲家。

2 Biedermeier，一种表现资产阶级庸俗生活的艺术流派。

（这一点后来引出了许多误会）。中欧有一大批伟大的小说家，卡夫卡、哈谢克、穆齐尔、布洛赫、贡布罗维奇；他们都反对浪漫主义；他们对前巴尔扎克小说与自由主义思想深表欣赏（布洛赫把媚俗看作一夫一妻式的清教徒思想为反对启蒙时代而搞的阴谋）；他们面对大写的历史以及对未来的狂热表现出警惕；他们的现代主义超越于先锋派的幻觉之上。

帝国的毁灭，以及后来一九四五年后奥地利文化的边缘化，再加上其他国家在政治上的地位丧失，使得中欧成了一面对整个欧洲可能的命运进行预见的镜子，成了黄昏时代的实验室。

*【中欧（与欧洲）】 *EUROPE CENTRALE (et Europe)* 布洛赫的出版商在他作品的封底介绍文字中意欲将他放到一个非常中欧化的背景之中，跟霍夫曼斯塔尔、斯韦沃等人相比。布洛赫表示抗议。如果想把他比作某

人，那就把他比作纪德或者乔伊斯！他这样做是想否认他的"中欧性"吗？不，他只是想说，对于把握一部作品的意义和价值，民族和地区背景没有任何用处。

【捉弄】*MYSTIFICATION* 有趣的新词，诞生于十八世纪。狄德罗在四十七岁时开了一个非同寻常的玩笑，让德·克鲁瓦斯马尔侯爵以为有一个不幸的年轻修女在寻求他的保护。狄德罗一连好几个月给深受感动的侯爵发去信件，署名是一个并不存在的女人。他的小说《修女》就源于这次捉弄，这又给了我们一个喜爱狄德罗和他的时代的理由。捉弄：一种不把世界当回事的积极方式。《玩笑》的主题。

【字体】*CARACTÈRES* 现在人们用越来越小的字体印刷书籍。我把戴里·蒂博尔[1]的《未完成的句子》扔进了垃圾桶：看不清。

---

1 Tibor Déry（1894—1977），匈牙利犹太作家。

约瑟夫·罗特[1]的《拉德茨基进行曲》口袋本：看不清。我想象着文学如此终结：渐渐地，在人们丝毫没有觉察的情况下，字体越来越小，直至变得完全看不见。

【作品】ŒUVRE "从草稿到作品，这条路爬着过来。"我无法忘记弗拉基米尔·霍朗的这句诗。所以我拒绝把（卡夫卡）给菲莉斯的那些信跟《城堡》放在同一层次上来看待。

【作品编号】OPUS 作曲家的好习惯。他们只给他们认为"有价值"的作品一个作品编号。那些不成熟的、应景的或练习性的作品就没有编号。一部没有编号的贝多芬作品，比如《萨利埃里变奏曲》，确实差得多，但并不让人失望，因为作曲家本人已经预先通知我们了。对任何艺术家来说根本性的问题：他真正"有价值"的作品是从哪一部开始的？雅纳切克在四十五岁之后才找到了他

---

1 Joseph Roth（1894—1939），奥地利作家。

的独创性。我每次听在此之前他留下的一些作曲作品都会感到痛苦。德彪西在他去世之前毁掉了所有的草稿，所有未完成的作品。一个作者可以为他的作品所尽的最起码的义务：将作品的周边清理干净。

布拉格，消失的诗

-1-

布拉格，这个西方命运的戏剧性的、痛苦的中心，在它从未属于过的东欧的薄雾中渐行渐远。它，莱茵河东岸的第一座大学城，十五世纪欧洲第一场伟大革命的发生地，宗教改革的摇篮，三十年战争爆发之地，巴罗克艺术及其疯狂的首都；它，在一九六八年试图将从寒冷中运来的社会主义制度进行西化而最终徒劳无功。

亚特兰蒂斯的形象浮现在我的脑海。让这座城市变得如此遥远、如此难以看清的，并不只是相对近期的在政治上沦为附庸。捷克语这门外国人难懂的语言，始终像一块不透明的玻璃，横亘在布拉格与另一个欧洲之间。

在波希米亚的边界之外，人们对我的国家所知道的一切，都来自二手资料。人们根据来自德国的资料撰写我的国家的历史。人们在解释德沃夏克和雅纳切克的作品时，不了解他们之间的关联、他们的理论著作和他们所处的阶层。直到现在，人们在研究布拉格和卡夫卡的关系时，依然对于捷克文化一无所知。人们对"布拉格之春"发表了精彩的见解，却对这一时期的报纸和杂志一无所知。征服了全世界的结构主义思潮源自布拉格，而布拉格人扬·穆卡洛夫斯基创作的结构主义奠基之作却一直默默无闻，因为他的著作是用捷克语写的。我常常想到，在人们已知的欧洲文化之下，还隐藏着另一种未知的文化，即使用奇怪语言的小国的文化，波兰人、捷克人、加泰罗尼亚人、丹麦人的文化。人们假设，小国必定是大国的效仿者。这是一种错觉。它们之间甚至非常不同。一个小国的视野与一个大国的视野是不同的。小国的欧洲是另一个欧洲，它具有另一种目光，它的思想经常与大国的欧洲背道而驰。

正午，我坐在彩色的阳伞下

布拉格在我脚下伸展

我看到的它，就像我想象中的迷人的
城市

我看到的它，就像魔幻的建筑师的梦

我看到的它，就像一个王座、一座被魔
法笼罩的城市

我看到的它，就像一个狂热的疯子在石
头中凿出来的火山城堡

——维杰斯拉夫·奈兹瓦尔，《雨丝绕指的
布拉格》

如果我们在欧洲文化的各个时代中区分
被理性主义精神影响的时代和被非理性影响
的时代，我们可以说，是后者主导了布拉格

的历史：哥特式、文艺复兴晚期的矫饰主义，尤其是巴罗克。

在文艺复兴衰落之时，鲁道夫二世的宫廷是欧洲各种神怪科学和奇幻艺术的中心。占星家兼天文学家开普勒，被称作"十六世纪的萨尔瓦多·达利"的阿尔钦博托，还有那位传说中发明了第一个人工人、机器人戈勒姆的犹太拉比、伟大的人文主义者勒夫·本·比撒列，都是在那个时期活跃于布拉格。

三十年战争终结了鲁道夫时代。那是一场灾难，捷克民族在强加于它的再天主教化和日耳曼化进程中，差一点就消亡了。正是在巴罗克艺术的催眠作用下，掀起了一场巨大的洗脑运动，其目的是要将一个信仰新教的斯拉夫民族转变为一个信仰天主教的日耳曼民族。所有那些极具表现力的、高度戏剧化的雕像，所有那些迷人的、生机勃勃的教堂，它们都是"恶之花"，是压迫的结果。

（美与恶的沆瀣一气是一种极为布拉格的体验，我们从孩提时起就接受了它。）

巴罗克时代不仅仅带来了建筑美与音乐美的绽放，同时也遏制了自由思想、文学、小说、哲学的发展，它们在两个世纪（十六、十七世纪）里几乎不存在了。理性与现实感的缺失，被非理性和奇幻的蓬勃发展加以弥补：传奇、童话，狂热、病态的想象。正是在那个时期，这个国家和这座城市的整个文学体系（无论是捷克语文学还是德语文学）出现了巨大的不平衡。魔幻性一直占据着比现实性重要得多的位置。安德烈·布勒东借用奈兹瓦尔的诗歌，将布拉格称为"欧洲的魔幻之都"，这并非没有道理。

卡夫卡在布拉格街头可以遇见上一代唯一一位德语大作家：古斯塔夫·梅林克[1]，奇幻文学作家。一九〇二年，梅林克在《极

---

1 Gustav Meyrink（1868—1932），奥地利作家古斯塔夫·梅耶（Gustav Meyer）的化名，小说家、戏剧家、翻译家、银行家，以小说《戈勒姆》而闻名。

简》杂志上发表了他的第一个短篇小说：《滚烫的士兵》。小说讲述的是一名军人的故事，他突如其来地发了高烧，一直烧到了七十度，甚至八十度，以至于他身边的一切都开始燃烧起来。所有人都躲着他。这是一个无法解释、毫无道理的人变成怪物的过程。十年后，卡夫卡写出了他第一篇著名的短篇小说：格里高尔·萨姆沙的故事，他以一种无法解释、毫无道理的方式变成了一只甲虫。

因此，布拉格的魔幻遗产在卡夫卡的作品中得到了保留，同时又被超越：他的伟大创新并不在于为小说注入了奇幻的想象力。在这一点上，他完全忠于魔幻之都的传统。他彻底超越之处（他的变形与梅林克的变形完全不同）在于，他在奇幻中注入了现实（真实的细节观察，同时还有他的社会观），以至于他梦幻般的想象并非浪漫主义式的通过梦而逃逸或一种纯主观的东西，而是一种深入真实生活、揭开生活的面具、出其不意地抓住生活的手段。

因此，他是第一个完成了梦想与现实融合的炼金术（远在超现实主义者之前）、创造了一个自足的宇宙的作家，在这个宇宙里，现实显得奇幻，而奇幻又揭开了现实的面具。现代艺术将这样一种炼金术的发现归功于卡夫卡的布拉格遗产。

-*3*-

哈谢克与卡夫卡同一年出生，早一年辞世。两人都忠于自己的城市，而且，据传，他们还因一起参加过捷克无政府主义者的聚会而相识。

很难找到两个在本质上如此不同的作者。卡夫卡，素食主义者，哈谢克，酒鬼；一个为人谨慎，一个放浪形骸；前者的作品被认为很难读，是加密的、封闭的文学，后者的作品广受欢迎，却登不了严肃文学的大雅之堂。

然而，这两位看上去殊异的作者，却是同一个社会、同一个时代、同一种气候的孩子，他们讲的也是同样的事情：人怎么去面对一个巨大的官僚化机制（卡夫卡）或军事化机制（哈谢克）：K面对的是法庭和城堡，帅克面对的是奥匈帝国军队的极权。

几乎与此同时，在一九二〇年，另一位布拉格作家卡雷尔·恰佩克，在他的戏剧作品《R.U.R.》中，讲述了机器人的故事（英语"机器人"一词就来自这个捷克语新词，后来大行于世）。机器人是人类制造出来的，后来跟人类打了起来。他们没有痛感，纪律严明，最后成功地将人类赶出地球，接下来便是机器人的秩序帝国的天下。人类在这样一种奇幻的极权主义浪潮之下消亡的意象，在恰佩克的作品中重复出现，就像是一个执念、一种梦魇。

第一次世界大战结束后，欧洲文学开始受到未来的美好幻觉和革命末世论的诱惑，而这些布拉格作家率先洞察了进步的隐藏面，它黑暗的、具有威胁性和病态的一面。

这些作家都是他们国家中最出类拔萃的，因此，这不能被视作偶然，而是一种他们所共有的特殊目光。是的，那是由小国和少数民族组成的另一个欧洲的清醒的目光。它们一直都只是事件发生的客体而不是主体：犹太少数民族，置身其他民族中间，经历着焦虑的孤独（卡夫卡）；捷克少数民族，被纳入奥匈帝国之中，帝国的政治和战争与他们完全无关（哈谢克）；新生国家的捷克在一个由大国组成的欧洲里也属于少数，这样一个欧洲根本不问捷克的意见，就直愣愣地冲向下一个灾难（恰佩克）。

以战争为主题写出一部伟大的喜剧小说，正如哈谢克在《好兵帅克》中所做的，这在法国或者俄国是很难想象的，会被视为丑闻。这需要对喜剧有相当特别的认知（喜剧可以打破一切禁忌，把一切严肃的东西都拉下台），也需要一种特殊的世界观。一个犹太人或捷克人不太会去认同大写的历史，不会在历史的舞台上看出什么严肃性和意义。他们远古的经历使得他们不会去敬仰历史这个新的女神，不去赞美她的智慧。因此，小国组成的欧洲受到了很好的保护，不会轻易被希望的宣传所蛊惑，比大国组成的欧洲对于未来有更清醒的认识，因为大国总是随时准备在光荣历史的使命中沉醉。

-4-

令卡夫卡和哈谢克的作品不朽的，并非对极权机器的描述，而是两位伟大的小说人物，两个约瑟夫，K和帅克。他们代表了在面对极权机器时，人的两种基本的可能性。

约瑟夫·K的态度是什么样的呢？他不惜一切代价想要进入法庭，而法庭像加尔文的上帝的意志一样不可把握；他想要理解它，并被它理解。因此，他就成了一个虔诚的被告：尽管没有任何人跟他确定开庭的时间，他仍然按时赶到审讯现场。当两名刽子手将他带到刑场的时候，他还让他们躲开警察的目光。对于他来说，法庭不再是一个敌人，而是他不断追寻却无法获知的真理。他要在无意义的世界里注入意义，而且这样一种努力却让他付出了生命的代价。

帅克的态度又是什么样的呢？第一次世界大战始于对塞尔维亚的侵略。战争伊始，约瑟夫·帅克，身体棒棒的，坐进轮椅里，让人推着穿过整个布拉格，前往征兵体格检查委员会。他扔掉借来的拐杖，带着战争的热情高呼："打到塞尔维亚去！打到贝尔格莱德去！"所有见到他的布拉格人都被他逗乐了，开怀大笑，但是权力机构对帅克一点儿办法也没有。他完美地模仿了周围人们的各种手势，重复着口号，参加各种仪式。但是，由于他一点儿也不觉得严肃，他把所有事情都转化成一个巨大的玩笑。

在一次军事弥撒中，拘留营里的士兵也参加了。卡兹神父喝得醉醺醺的，做了一次冗长的布道，指责士兵们犯了罪。帅克穿着监狱犯人的长短裤，开始大声地抽泣。他假装被神父的话感动了，逗得朋友们开怀大笑。即便在战争中的一支军队彻底的操纵之下，不严肃的精神也保证了帅克作为人的内在完整性。在一个荒诞的世界里，帅克成功地活了下来，因为他与卡夫卡的那个约瑟夫不同，他拒绝看出其中有任何意义。

令人赞叹的是，在布拉格的虚构与现实之间存在一种连续性：想象的世界里的伟大人物，帅克和 K，都与生活本身融为一体。诚然，卡夫卡的小说从公共图书馆里下架了，但是，今日的布拉格每天都在上演他的小说。因此，它们变得极其出名，在布拉格人的日常谈话中不断被引用，跟哈谢克本就努力平民化的作品一样深入民心。

在一九五一年著名的斯兰斯基审判期间及之后，我们见到了成千上万个约瑟夫·K；当时，在所有层面都有着无数类似的审判：定罪、撤职、处分、迫害，五花八门，伴随着无数被认为有罪的受害者不断的自我批评，他们千方百计要去理解法庭并让法庭理解自己，直到最后一刻还希望在碾轧他们的荒诞机器的运动中找出一种他们能理解的意义来。作为虔诚的被告，他们做好了准备，要去帮助他们的刽子手，即便到了绞刑架下，他们还在高呼："万岁！"（他们觉得这种可笑的忠诚具有一种伟大的道德性，诗人拉科·诺沃麦斯基[1]出狱后写下了一组诗来歌颂这种忠诚。布拉格人称这些诗为"约瑟夫·K的感恩"。）

在布拉格街头，帅克的幽灵同样存在。一九六八年，在俄国人入侵之后不久，我参加了一场大规模的学生集会。他们等待俄国人任命的新任党魁胡萨克来与他们讲话。但他根本就没来得及张嘴说话，因为每个人都在高喊："胡萨克万岁！党万岁！"整整持续了五分钟、十分钟、十五分钟，胡萨克的脸越来越红，最后只能离开。无疑，是帅克的天才给了学生们灵感，发出了这令人难忘的掌声。

在这两种不同的"万岁！"声中（绞刑

---

1 Laco Novomesky（1906—1974），捷克诗人。

架下的被行刑者,以及面对胡萨克的大学生们),我看到的是两种面对极权的极致态度。布拉格文学在三十年前就已经对这两种态度下了定义。

-5-

"受够了心理学！"卡夫卡在日记中如此写道，哈谢克也完全可能这样写。事实上，这位行为举止像个傻子、在任何处境下都开始滔滔不绝讲些没头没脑的话的帅克，究竟是个什么人？他的真实想法究竟是什么？他感受到的是什么？他这种无法解释的行为的动因是什么？这部小说表面上通俗易懂、信手为之的特色，不能掩盖它的另一面，那就是帅克这个人物是以何种奇特的、非常规的方式构建起来的。

布拉格作家的这种反心理学态度比那些著名的美国小说家的做法超前了十年、二十年。美国作家在叙述中摈弃了内心反省，转而采用行动、事件，试图从外部把握世界可见的、可感知的一面。布拉格作家的做法在本质上有些不同：他们并不热衷于秀肌肉，或者描绘外部世界，而是通过另一种方式去理解人。

这种对人的新看法体现在一种令人震惊的境况中：两个约瑟夫都是没有过去的。确实，他们来自什么家庭？他们的童年是怎样的？

他们爱自己的父亲、母亲吗？他们的生活轨迹是怎样的？我们对此一无所知，而正是在这一无所知中，出现了全新的写法。在他们之前，让一个小说家最钟情的，是去寻找心理上的动因，也就是说，去重建那个将过去与当下的行为连接在一起的神秘纽带，去追寻"逝水年华"。就在这逝去的年华的质地里，隐藏着灵魂迷人的无限性。

卡夫卡并没有放弃内省；但是，若我们一个章节一个章节地跟着 K 的推理走，乃是徒劳的。我们感受到的引人入胜之处，并不是他灵魂的丰富多彩。K 的推理完全被他专制的、暴君式的处境所局限，他完全陷入其中。布拉格作家们的小说不去问在人类的心灵中隐藏着什么样的珍宝，而是去探问：在一个已经成为陷阱的世界中，一个人的可能性还有多少？小说家的探照灯只照在一个单一的处境上以及面对这一处境的人身上。只有在这样一种态度中，才有着需要一究到底的"无限性"。

然而，就在普鲁斯特和乔伊斯对内心的探索已经达到了可能性的极限的时代，卡夫卡和哈谢克通过在布拉格喊出"受够了心理学"，开启了另一种小说美学。二三十年之后，萨特提出自己的意图不是关注人物的性格，而是聚焦于人的处境，即"人类生活的所有基本处境"。他试图抓住这些处境的形而上的一面。在这样一种美学氛围中，布拉格小说家们的写作倾向在第二次世界大战之后开始为人所熟知。但是，正是在他们的作品中，我们可以深入领会这一转向的原始意义：在一个外在的决定因素越来越对人产生决定性影响的世界里，内在的动因不再有什么意义。

新的小说趋势摈弃了心理小说的惯例，从历史来看，它与极权世界将要来临的预感是相关的。这是一个充满意义的巧合。

- *6* -

克劳斯·瓦根巴赫[1]在他著名的卡夫卡传记中详细考察了布拉格和它的文化，但他不懂捷克语，所以他并不知道自己在讲什么。因此我们可以理解，他为什么会说布拉格是一座与世隔绝、有些落伍的外省城市，说卡夫卡这位伟大的孤独者的作品就像一块陨石坠落在那里。

在那个时期，布拉格可不是一座外省城市！首先，它是捷克人民的首都，而捷克人民刚刚获得了民族复兴，充满了活力和雄心。

其次，因为捷克人的国际化倾向，他们保护自己免受德国单方面的影响。这是一个非常国际化的民族：他们喜欢法国，喜欢英国，喜欢俄国，但（在艺术领域）主要是喜欢法国。

最后一点，因为当时的捷克文化是充满活力的、现代主义的，它以一种竞争的姿态，跟德国少数派的文化共存，所以硕果累累。

是的，在布拉格有捷克多数派（在世纪初有四十五万人），同时有德国少数派（三万三千人，主要是资产者和知识分子）；但同时还存在一个整体的布拉格，双语的卡夫卡就生活在这样的一个布拉格。不光是他，几乎他的所有朋友，犹太作家，马克斯·布洛德、弗朗茨·魏菲尔[2]、埃贡·埃尔温·基什[3]、奥斯卡·鲍姆[4]等等，都能够跳出捷克人和德国人之间的民族纷争，在两个民族的传统中汲取灵感，并将它们融合在一起。

卡夫卡在一九一一年的日记中描述了跟

---

1 Klaus Wagenbach（1930—2021），德国出版人、作家，卡夫卡专家。
2 Franz Werfel（1890—1945），奥地利小说家、剧作家、诗人。
3 Egon Erwin Kisch（1885—1948），奥地利-捷克左翼作家、记者。
4 Oscar Baum（1883—1941），捷克音乐教育家、作家。

画家威利·诺瓦克[1]的相识。当时诺瓦克刚刚完成了马克斯·布洛德的一组肖像画。就像人们熟知的毕加索的手法那样，他一开始的素描是忠实的，然后渐渐跟模特越来越不像，最后是一种笼统的抽象。这是卡夫卡第一次见识立体主义（但不是最后一次）。日记显示，他对此非常感兴趣，也非常理解，而马克斯·布洛德则感到非常别扭，两者的反差有点滑稽，卡夫卡以一种友好的讥讽口吻讲述了这次经历。

人们喜欢没完没了地探讨卡夫卡跟捷克的无政府主义者之间可能存在的关系（从未得到证实），但是人们忘记了他跟捷克现代艺术的接触，这要明显得多、重要得多。

从二十世纪初开始，捷克多数派的布拉格就热情参与了现代艺术的冒险。正是在那个时期，布拉格跟巴黎的关系变得非常紧

---

1 Wili Nowak（1886—1977），捷克画家、美术教育家。

密：捷克人阿尔丰斯·穆夏、弗朗齐歇克·库普卡深刻影响了法国的绘画，而直到第二次世界大战之前，巴黎的立体主义在布拉格得到的回应极其丰富，极有创意，远胜于其他国家。

马克斯·布洛德将围绕着卡夫卡和他自己的犹太作家团体称为"布拉格圈子"（der Prager Kreis）。从一九二五年起，人们开始谈起另一个布拉格圈子，语言学家和美学家的圈子（维莱姆·马特修斯[1]、扬·穆卡洛夫斯基、罗曼·雅各布森等），他们创造了"结构主义"这个词，自称为"结构主义者"。在第二次世界大战爆发之前，罗曼·雅各布森离开布拉格前往美国，结构主义成了后来几十年内的思维方式。

这一切均非偶然：布拉格是现代思想和现代感受最具活力的中心之一。

---

[1] Vilém Mathesius（1882—1945），捷克语言学家、文学史家。

布拉格能成为结构主义的摇篮和第一大都市，有诸多原因：年轻的共和国及其总统马萨里克的道德威望，他是一位伟大的民主人士，全欧洲都敬重他，他创作了一部精彩的哲学著作，对结构主义语言学不无影响；好客的、国际化的氛围，善于接受外来思想，在一些共同的研究方面，能够集中来自捷克、德国、俄国、波兰的力量；捷克形式主义美学（十九世纪末的"布拉格美学学派"）的本土传统和语言学研究的强度（在第二次世界大战之前就集中在维莱姆·马特修斯的周围，他是马萨里克的弟子）；最后（尤其是）捷克先锋派的活力，他们与结构主义者们成为最好的朋友和盟友。

他们喜欢具体的研究，视野开阔（从现

代诗歌到中世纪的文本，从恰佩克的散文到民间文学和民俗学研究）。他们喜欢明澈，敢于去触碰一些本质的问题，这些都是捷克结构主义者的特点。对于他们来说，结构主义后期那种具有代表性的可笑的矫揉造作和教条主义是完全陌生的。

结构主义理论与战后现代主义的结合是一种独一无二的现象。伴随着现代主义运动而来的美学理论通常具有一种宗教护教的特征。但在布拉格的结构主义那里并非如此，将它与先锋派紧密联系在一起的，是一种更为普遍的目标：抓住并捍卫艺术的特殊性。

假如一部小说（一首诗，一部电影）只是被置于某种形式中的内容，那它只不过是一种伪装的意识形态化的信息：它的美学特征荡然无存。对一部小说的意识形态化的阅读（人们到处向我们提供这样的阅读，而且层出不穷）与对现实本身的意识形态化的简化一样都是简单化、低俗化、扁平化。因此，如果我们强调艺术的特殊性，并不是要从现实中逃逸出去；相反，是想将一棵树看作一棵树，将一幅画看作一幅画；是对那些将人与艺术残疾化的简化力量进行抵抗。

布拉格结构主义者们将艺术作品视为一种有机体，一切都既是内容，又是形式，一切都不能被简化为另一种语言（一种意识形态的解释语言），他们捍卫的是人本身的不可简化性。就仿佛他们跟卡夫卡、恰佩克及其他人一样，面对着来自未来深处、不可阻挡的滚滚而来的简化力量，感到了深深的焦虑，这种焦虑是如此的布拉格！

-8-

法国的超现实主义经常被解释为对西方理性主义精神、对笛卡儿主义的冷漠的反叛。然而，很有意思的是，这种对理性的反叛很快就转化为理论宣言的理性，它在法国人的记忆中留下的痕迹，唉，远比超现实主义令人着迷的非理性更为深入。

捷克的超现实主义没有理由去反叛捷克的笛卡儿主义，因为它根本就没有；相反，它所代表的是一种布拉格艺术传统的有机产物，证实了它的奇幻和非理性的特点。

我们所说的捷克超现实主义（事实上只是本土先锋思潮，尤其是"诗歌主义"流派的延续），由于自然扎根于国家的文化历史，在整个民族的文学中产生的影响，要远远大于法国超现实主义在法国文化内部的影响。

现代捷克文化的伟大人物几乎都受到过超现实主义的魅力、想象和诱惑的影响，哪怕是捷克的公众，其涵盖的社会阶层相当广泛，都对这样的一种美情有独钟。

我第一次听到最伟大的捷克超现实主义作家维杰斯拉夫·奈兹瓦尔的诗歌时，还是个十岁的小男孩，正在一个摩拉维亚的村子里过暑假。大学生们在假期里回到农村他们父亲的家里，像着了魔一样背诵那些诗。在乡间田野的黄昏散步时，他们教会了我《复数的女人》中的所有诗句。

由于在捷克社会中没有大贵族和大资本家，布拉格的先锋派非常贴近大众，贴近劳作的世界以及大自然。这样一种处境甚至制约了它的想象力。我记忆中的奈兹瓦尔是个红脸，总是激动万分，我听到他在重复一个词：具体，这个形容词对于他来说就是现代想象力的根本特征，他希望这个词能够带有个人真正的感知、生活经验和回忆。

"比起象征贞洁的百合花，我更喜欢童年的一个早晨玩躲猫猫时折断的那一朵。"还有一次，他说道："很奇怪，一个非常高雅的人丝毫不懂现代诗歌，仅仅因为他在其中寻找寓言。"他憎恨那些"艺术理论家"，他们的努力只是要将一首诗或一幅画简化为陈词滥调，信息贫乏。在三十年代，他与捷克的其他超现实主义者一道发现了卡夫卡的作品并为之迷恋。对于那些在城堡里看到恩典、地狱或者上帝，而没有认出我们时代具体的荒诞的人，他总是嘲讽有加。

将想象的魔力理解为一种"具体的沉醉"，而非生活的替代，这在我看来，就是捷克现代主义的深层趋势。就是这样一种状态，将超现实主义者奈兹瓦尔跟与他完全对立的弗拉基米尔·霍朗联系在了一起。霍朗的诗歌经常被拿来与里尔克或瓦莱里做比较，然而，他的诗歌里面充斥了农民、女仆、醉鬼、罪犯的命运，他的诗歌在"具体的重量之下"被压垮了，也因此跟里尔克或者瓦莱里的诗歌意趣迥异。

9

还有什么其他作品比作曲家雅纳切克的作品更能彰显捷克现代主义的独创性、它对于具体的不懈追求和它的平民性呢？他与卡夫卡一样，是这个国家现代艺术中最伟大的人物。这一点，没有人比马克斯·布洛德更清楚。他不仅拯救了卡夫卡的作品并让他名满天下，而且（这一点不太为人所知）他还带着同样的热情为了雅纳切克的作品而奔走：他为他的乐曲写了精妙的评论，将他的歌剧翻译成了德语；一九二四年，他出版了雅纳切克的第一部传记。他为了这位不被人重视的天才作曲家付出的努力是如此充满激情、如此投入，以至于卡夫卡毫不犹豫地将之与法国知识分子们为德雷福斯进行的斗争相提并论。

这种音乐的惊人之处（这也为他带来了最大的麻烦），就是它完全无法归类。在马勒最后的交响曲中，在勋伯格早期的作品中，音乐的浪漫性已经抵达了各种可能性的终点。于是，年轻的一代鼓噪地将其埋葬，随之被埋葬的，是整整一个将音乐视作灵魂的镜子、视作忏悔和表达的时代。就在这关键的时刻，雅纳切克在他同时代的音乐样态中，找到了另一种演变的潜在可能性。没有任何人看出这种可能性，唯有他。而他独自一人走在这条路上。

他也反对浪漫主义音乐，但他的反对具有相反的意义；他所反对的，不是它试图去表达灵魂及其状态，而是这样的尝试失败了；作了假；非但没有去发现赤裸裸的感情，而是提供了程式化的东西，一些手势，一些摆出的姿态。因此，他要撕开真理的面具。这就是为什么他并不拒绝作为表达形式的音乐，但相反，他想要消除一切不纯粹和赤裸的表达的音符。因此，他获得了一种具有前所未有的表现力和布局的音乐结构。

但是，强调感情的真实，难道不是在重复一句没有意义的套话？不是的。在梅西昂之前，在瓦雷兹[1]之前，雅纳切克沉迷于"具体的音乐"。他喜欢自然界的声音，鸟儿的歌唱，但尤其是（而且，在这一领域，他孤身一人，没有追随者），他研究人的口语、语音语调、人声的委婉与难以捕捉的节奏；他到处窃取话语的碎片——在大街上、市场里、车站的人群中，就像一个到处抓拍的不审慎的摄影师那样（甚至他女儿去世前的呻吟他都没有放过），记录在自己的本子上并转化为音符。他留下了成千上万这样的音符，如今保存在一个博物馆里，这证明了他这项工作的严肃性：他在寻找音乐的语义学。就好像他要做成一部词典，一部旋律表

---

1 Edgar Victor Achille Charles Varèse（1883—1965），法裔美国作曲家，有"电子音乐之父"之称。

达形式的感情词典，就好像他要抓住在音乐和心理学之间神秘的联系。

无论这样的研究具有什么样的客观价值，它们都表明了作曲家的方向：他要跟"用音乐做音乐"的做法决裂（就像一个作家不愿意去"搞文学"），他寻找音乐语言的新源泉，一种更贴近心理学、与生活更加紧密相连的源泉。因此，他要获得的不仅仅是一种新的美（一种新的音色、新的旋律、新的结构），而且还希望音乐句式具有更高的准确性（心理学的精准），他坚信音乐是人类科学的一部分。

他的努力既不是乌托邦式的，也不是堂吉诃德式的。在他生命的最后几十年中，也就是在五十岁到七十四岁之间（他无疑是音乐史上最伟大的老人），他成功创作出了美妙的作品（无与伦比的合唱，一种歌剧的新美学——他创作了五部歌剧，皆为杰作）。

10

辞世那年，雅纳切克完成了他最后（他最美、最不可思议的）一部歌剧，他真正的音乐遗嘱：《死屋手记》，根据陀思妥耶夫斯基的作品改编。他为什么会想到这样一个不可能的主题，这样一份没有故事、没有情节的监狱报告，势必会引起读者的反感？为什么要选择这样一个跟作曲家的生活毫无关系的阴森背景？

有一点是确定的，他的作品具有强烈的现代性，一下子把十九世纪的苦役犯场景转化为二十世纪的集中营。没有比它更为当代的了，人们在这一场景面前瞠目结舌。但那可是一九二八年啊，那是多么平和的时代，究竟是我们的哪一个夜晚将如此黑暗的视像发送给了雅纳切克？

我无法解释。但有一点，我的国家在这个世纪里耸立起来的三座最伟大的艺术纪念碑，分别代表了未来地狱场景的三个片段：卡夫卡的官僚主义的迷宫，哈谢克的战争的愚蠢，雅纳切克的集中营般的绝望。是的，在《审判》（一九一七年）和《死屋手记》（一九二八年）之间，布拉格已经把一切都说了，历史只需要登上舞台，开始模仿这些已被虚构作品想象出来的内容。

一九四八年著名的布拉格事件，不仅带来了卡夫卡式的审判、哈谢克式的愚蠢和雅纳切克式的监狱，还彻底毁灭了对它们早有预料的文化。人们始终无法完全明白当时发生了什么：在经历了一千年的西方历史之后，捷克斯洛伐克变成了一个东欧国家。它成了西方（通常代表殖民者的形象）从此被殖民的地方，也是西方文化（所有人都觉得西方文化是占有型的、侵略型的）注定要失去自己身份的地方。历史的不公体现在，这一"西方的殖民化"发生在一个从未殖民过任何人的国度里。

就在布拉格的事变之后,人们组织了大型运动,以"反对世界主义"(也就是说:反对西方的文化)。一下子,我国的所有现代知识遗产都成了众矢之的。正是在这一时期,扬·穆卡洛夫斯基在知识上完全否定自己,摈弃了自己所有伟大的结构主义作品。正是在这一时期,弗拉基米尔·霍朗把自己关进了布拉格的寓所里,就像是自我监禁,直到今天也没有出来。

然而,这并非终结。整个国家生机勃勃的文化奋起抵抗,渐渐地,靠了执着,靠了集体的认同,靠了狡黠,它又卷土重来:到了六十年代,所有被禁止的东西都回到了舞台上。这是一场真正的战争,一种文化为了自救、为了苟延残喘而进行的战争。

这场战争中最伟大的战役之一,是为卡夫卡而发起的。一九六三年,捷克的知识分子在波希米亚的一座城堡里组织了一次国际会议，他们为这位被诅咒的作家平反。俄国的理论家们永远不会忘记这一不服从的行为。在一九六八年为入侵捷克斯洛伐克辩护的一些官方材料中有这样的记录，第一个反革命的信号，就是为卡夫卡平反。

这种论点听起来有些荒谬，但它并没有那么愚蠢，反而会给人启发：入侵捷克斯洛伐克不仅仅是"教条的共产主义"对"自由的共产主义"的胜利（这是对这一事件的普遍解释），还是（随着时间的推移，这个方面显得更为重要）俄罗斯极权主义最终在文明上吞并了一个国家。我说的是文明，而不是政治制度或国家。卡夫卡之所以激怒了莫斯科，不是因为他反对共产主义或者反对其军事利益，而是因为他代表了另外一种文化，一种殖民国所陌生的、无法同化的文化。殖民国在全世界范围内不断进行政治扩张，而与此同时，它在文化上不断地向它的拜占庭过去退缩。

11

就像一张燃烧的纸

纸上的诗随之消失……

——维杰斯拉夫·奈兹瓦尔,

《复数的女人》

布拉格文化与西方本身一样古老。

在一九一〇年到一九四〇年间,布拉格文化达到了顶峰。经过一个血淋淋的幕间休息之后,一九六〇年代的回归就像是它千年历史的最后一个回响。在一个噩梦变成现实的世界里,布拉格文化醒来了。在被极权之夜吞没的处境下,布拉格文化知道如何反映它、评判它、讥讽它、分析它,将它转化为自身智力经验的对象。它以小国的天才穿透了大国的傲慢。它以不严肃的精神腐蚀了意

识形态的严肃的恐怖。它对具体的追求保护
了自己，抵御了有史以来最强大的简化力
量。从这种多重的撞击中诞生了群星璀璨的
作品，戏剧、电影、文学，完整的思想、完
整的幽默、完整的智力经验，独一无二且不
可替代。因为，正如弗拉基米尔·霍朗
所说：

惟有基督方知如何画出
本丢·彼拉多[1]妻子的模样。

西方没有能够及时理解这一创造性的爆
发的意义，它因自己对事物的政治化的（简
化的）看法而盲目：要么认为那只是社会主
义体制的活力的证明（左派的愚蠢），要么
拒绝认为在共产主义体制下的任何人还能有
价值可言（右派的愚蠢）。一道西方的不理

---

[1] Ponce Pilate（？—41），罗马帝国犹太行省的第五任罗马长官，
判处耶稣上十字架的人。据传，他的妻子曾传话给他，说在梦中见
到耶稣，希望他不要处死耶稣。

解的帷幕，附加在了苏联的铁幕之上。

一九六八年的俄罗斯人入侵清除了六〇年代的一代人，随之被清除的，是这一代人之前的整个现代文化。我们的书籍被封尘在跟卡夫卡或捷克超现实主义者的作品一样的地窖里。生者被迫成为死者，与死者并肩而立，而死者已双重死亡。

愿我们终于明白：在布拉格不复存在的，不仅是人权、民主、正义等。如今，那里还有一种伟大的文化，它

就像一张燃烧的纸

纸上的诗随之消失。

图字：09－2024－0020 号

图书在版编目（CIP）数据

不解之词 /（法）米兰·昆德拉著；董强译. 一 上
海：上海译文出版社，2024.6
ISBN 978－7－5327－9630－4

Ⅰ.①不… Ⅱ.①米… ②董… Ⅲ.①文学一作品综
合集一法国一现代 Ⅳ.①I565.15

中国国家版本馆 CIP 数据核字（2024）第 102923 号

不解之词	**MILAN KUNDERA**	出版统筹　赵武平
Quatre-vingt-neuf mots suivi de	米兰·昆德拉　著	责任编辑　李月敏
Prague, poème disparaît	董强　译	装帧设计　董茹嘉

上海译文出版社有限公司出版、发行
网址：www. yiwen. com. cn
201101　上海市闵行区号景路 159 弄 B 座
徐州绪权印刷有限公司印刷

开本 787×1092　1/32　印张 4　插页 6　字数 37,000
2024 年 6 月第 1 版　2024 年 6 月第 1 次印刷

ISBN 978－7－5327－9630－4/I·6046
定价：58.00 元